新NHKにようこそ！

滝本竜彦

JN167251

新NHKにようこそ！

滝本竜彦

角川文庫
24361

もはや自分が書いたと感じられないほど遠いものになっていたとしても、あのころの熱さを
もう一度呼び起こし、この令和の今のエネルギーを、そこに付与したくなるときもある。

「あとがき」より

目次

序

この世には「陰謀」が存在する。

しかしネットに溢《あふ》れる陰謀は、九十九パーセント以上の確率で、ただの妄想、もしくは意図的な大嘘にすぎない。

そんなものに気を取られるのをやめ、人は身の回りの生活を少しずつ改善していくことに注力すべきである。

自らがコントロールできるものに力を注ぐことでのみ、人は自分の人生を、より良いものにしていくことができるのだから。

だが……我々人類は妄想が大好きだ。

我々は死ぬまで何かのストーリーを、心の中で想像し続ける宿命にあるのだ。

だとしても、陰謀などという暗い話を脳内に再生するのは、メンタルヘルスによくない。

それよりも、もっと楽しい空想に頭を使うべきだろう。

「お兄ちゃんの楽しいことって何？」

日本家屋の縁側でスイカを食べる妹が、その金色の瞳《ひとみ》で俺を見つめた。

長いツインテールの髪が揺れ、俺をくすぐる。

「楽しいこと？　それはお前……アレだよ」

「アレ？」

「俺は明日《あした》の見えない刹那《せつな》的な若者だからな。セックス・ドラッグ・バイオレンス……そんな荒くれた生活に憧《あこが》れてるんだ」

「だから毎日エッチな妄想ばかりしているのね」

「悪いかよ」

「たまにはもっと建設的なことを考えてみてもいいんじゃない？　まだ見たことのない、新しい未来のこととか」

妹は縁側で素足をぶらぶらと揺らしながら、庭の生垣の向こうに目を向けた。

「新鮮な未来のことを考えるお兄ちゃんの下には、きっと新しい生活がやってくるよ」

「…………」

「人生はね。まず最初にその人の心の奥で生まれ、しばらくして外に現れてくるものだから」

そんなものかもしれない。

だがどうしても、目を閉じればいつもと同じ、古臭い空想ばかりを続けてしまう。

空想とは本来、自由なはずなのに。

「ね、お兄ちゃん。たまには空想の幅を広げて、普段は行かない特別な場所に行ってみようよ」

妹は俺の手を引いて日本家屋の縁側から立ち上がると、俺を村の外れの神社に導いた。

この神社、夏には境内で祭りが行われる。

夜更けには鎮守の森の奥で、祭りの熱に浮かされた男女が、命の輝きをほとばしらせる。

そのような下劣な方向に空想が流れるのを制するかのように、妹は俺を拝殿の脇の小道へと導いた。

薄暗い小道に覆い被《かぶ》さる木々の枝をくぐり、蜘蛛《くも》の巣《す》を振り払い、その奥へ奥へと歩き続ける。

やがて俺たちは拝殿の裏にたどり着いた。

しかし目の前には、切り立った崖《がけ》が立ちはだかっている。行き止まりだ。

「これ以上は前に進めないな。戻ろう」

俺は崖に背を向けた。その俺の手を妹が強く摑《つか》む。

「見て。この心の中の村。その神域の奥。そこにある崖の中腹には『秘密の洞窟《どうくつ》』が口を開けて、お兄ちゃんを待ってるよ」

振り向いて崖を見上げると、確かに、そこには暗い穴がぽっかりと口を開けていた。

「あの中に足を踏み入れて、奥を探検してみようよ」

「秘密の洞窟だと？　そんなもの、暗くてジメジメしているだけだろ。無駄なことはやめて、もう家に帰ろうぜ」

しかし妹は、地面に落ちていた木の枝を拾うと、それを剣のように振り回した。

「たまには冒険してみようよ。試練に満ちた洞窟を越え、あの『運命の草原』を目指そうよ。英雄みたいに」

冒険、試練、英雄……そういった、現実の俺とはもっとも縁遠い単語が、空想上の妹の口から流れ出る。

フロイト、ユング、そういった古《いにしえ》の精神分析家であれば、この俺の白昼夢をどう分析するだろうか？

もしかしたら俺は、永久に停滞しているかに感じられる、このひきこもり生活から、抜け出したいと願っているのか？

冒険の旅の果てに、超えられざる輪を超えて、本当に新しい世界へと足を踏み出したいのか？

だとしても……少なくとも今日はまだそのときではない。

空想上の妹はやれやれと首を振った。

「そうだね。まだお兄ちゃんには準備ができていないみたい」

「準備？」

「なんでも新しい物事を始めるには、準備がいるでしょ？　一番最初に必要な準備は、まず何より願うこと」

「何を願えばいいんだ？」

「たとえば……新しい世界での豊穣《ほうじょう》なる生。そんなのはどう？」

「よくわからないな。本当に俺がそんなものを求めているのか」

「ゆっくり考えてみて。時間はたくさんあるんだから」

妹と俺は『秘密の洞窟』を離れ、神社から離れ、いつもの慣れ親しんだ日本家屋の縁側へと戻っていった。さらに白昼夢から現実へと、俺の意識の焦点は移っていく。

その俺の耳に、ドタドタという何者かの足音が響いてきた。

俺は万年布団の中で目を開け、彼女の到来を待った。

第一話　再会

1

「佐藤君《さとう》！　ついにひきこもりからの脱出法見つけたよ！　なんの苦労もなく根本レベルからひきこもりを脱出できる画期的な手法だよ！」

知り合いの高校生がインターホンも鳴らさずに、サンシャインハウス102号室にかけこんできた。

いつもカーテンを閉め切っていて、しかもすぐ隣に立つマンションがこのアパートへの日差しを遮っている。そのため俺の部屋は二十四時間いつも暗い。それでもスマホから顔を上げなくとも俺にはわかった。

岬《みさき》ちゃんだ。

彼女との出会いは数ヶ月前に遡《さかのぼ》る。

ある日、白い日傘を差した少女が、見知らぬおばさんと共に俺のアパートに宗教勧誘に来た。

俺はやんわりと勧誘を断った。

『いや俺、宗教とか興味ないんで……ひきこもって部屋でゴロゴロしてるのが好きなんですよ』

『あらそう。行くわよ岬ちゃん』

おばさんはすぐに引き下がり、岬ちゃんと呼ばれた少女と共に、アパートから去っていった。

だがしばらくすると、またアパートのインターホンが鳴った。ドアを開けると、そこに先ほどの少女が立っていた。

日傘は畳まれており、走って戻って来たのか、はあはあと荒い呼吸をついている。

『君、ひきこもりで人生に迷ってるダメ人間なんだよね？』

『ま、まあな』

『名前は？』

『佐藤。佐藤達弘《たつひろ》』

『私は仲原《なかはら》岬！　人生に迷っている若者を救う天使の私が、佐藤君を助けてあげる！』

『……お、おう？』

『今夜からひきこもり脱出のための講義とカウンセリングを始めるので、公園に来てね』

意味不明な申し出だったが、つい俺は求められるまま近所の公園に赴き、毎夜、彼女のカウンセリングを受ける約束をしてしまった。

いいのだろうか？

夜に女子高生と密会するなんて、不健全な感じがしてならない。

だが後日、宗教勧誘のおばさんとその夫らしきおじさんがアパートに訪れた。

何事かと訝《いぶか》る俺に、彼らは頭を下げた。

『どうかあの子と仲良くしてやってください』

『は、はあ……』

どうやら岬ちゃん自身、何か精神に問題を抱えているらしく、長年、友達一人いない生活を送っているとのことである。

そんな彼女の話し相手になってやってくれということか。

俺は流されるままに毎夜、岬ちゃんと公園で会い、『ひきこもり脱出のための講義』という名の雑談の時間を持つようになった。

だが今夜の講義までは、まだまだ時間があるはず。

俺はアパートの中にまで踏み込んできた岬ちゃんを無視すると、布団を被ってスマホをいじった。

「ちょっと、起きて私の話を聞いてよ！　すごく画期的なひきこもり脱出法を見つけたんだってば！」

「…………」

そもそも彼女自身が現在進行形の不登校児である。俺は二年ほど前に中退したとはいえ、真っ当に大学に進学したほどの男である。そんな俺に、一体なんのアドバイスができると言うのだろう。

だが彼女の次のセリフが俺の意識を強くひきつけた。

「今日、駅前でね。私、知らない人に声をかけられたんだ」

俺は思わず湿った布団から半身を起こした。

岬ちゃんは遠い目をして事の顛末《てんまつ》を語り始めた。

「ええとね……」

ついさきほど、『ひきこもり脱出のための講義』の資料を探して駅前の古本屋をうろついていると、知らない男がいきなりなんの前触れもなく声をかけてきたという。

つまり……いわゆるナンパなるものをされたらしい。

「私、ものすごく驚いて、私、今までに一度も出した事のない声を出しちゃったよ」

「まっ、まさかそのまま話し込んだのか？」

「ううん。怖かったからそのまま走って逃げてきちゃった」

「そっ、そうか……」

「安心した？」

岬ちゃんは身をかがめて俺を覗《のぞ》き込んできた。

「だっ……誰と何を話そうが人の勝手だ。ただ見知らぬ人にいきなり声をかけてくる奴なんて、頭のおかしい異常者に決まってるから……」

「ふうん。心配してくれるんだ」

「べ、別に……」

「とにかくね、この体験から私はついに閃《ひらめ》いたんだよ。佐藤君を真人間に戻す修行法！」

「言っとくけどな、俺は絶対にナンパとか、知らない人に声をかけるとか、そんなことできないからな」

「わかってる。そんなことは佐藤君には無理だよ絶対。でもね、私は今日の体験をもとにすごく画期的なひきこもり脱出法を考えたんだよ！　きっと佐藤君にもできるよ！」

岬ちゃんはさらにぐっと身をかがめて俺を覗き込んできた。

「わかったよ。教えてくれ。いったい何を思いついたんだ？」

「そこまで知りたいなら教えてあげるね」

岬ちゃんは鞄《かばん》からノートを取り出してめくると講義口調で語り始めた。

「さてさて……一般的に、ひきこもりは初対面の人間とのコミュニケーションを恐れます。ですが、生きるとは常に新しい出会いの連続なのです。自分から積極的に、他者との交流を図れるかどうかで人生のクオリティが決まるんです。そうは思いませんか？」

「それは確かにそうかもしれないな」

俺の脳裏に、これまでの人生で数限りなくスルーしてきた他者との交流の機会が、走馬灯のように流れては消えていった。

中学高校大学で、質量に換算したら五トンほどもあった他者との会話の機会を、俺は無駄に捨ててきた。

いや、チャンスを無駄にしているのは過去のことだけではない。現在進行形で、俺はありとあらゆるチャンスを無駄にし続けている。このように部屋にこもって日がな一日、ぼんやりと白昼夢を見続ける生活を送ることによって。

「…………」

しかも俺はリアルだけではなくネットにおいても、他者との交流に障害を抱えている。先日などは隣室に住むメガネの後輩、山崎馨《やまざきかおる》と始めたYouTubeチャンネルに、ついに初めてのコメントが書き込まれた。だがどんな返信をしようかと悩みながら一週間が過ぎてしまった。この遅延により俺は一人の大切な視聴者を失ったに違いない。

「わかる？　佐藤君。どんな仕事をするにしても、自発的なコミュニケーションは大切なんだよ。このままでは佐藤君はこの世界で生きていけないよ」

「…………」

不安に駆られ俺はじっと手を見た。

その俺の肩を岬ちゃんが叩《たた》く。

「でも安心して。佐藤君が初対面の人間と円滑にコミュニケーションできるようになるための練習、私が思いついたからね。そのやり方、これから教えてあげるからね」

「あ、ああ……頼む……」

「やり方は簡単。昼間に外に出て、私のことを初対面の相手だと思って声をかけるだけだよ」

「なんだ、そんな簡単なことか」

「本当に簡単かなあ。今、佐藤君がこうやって私と気軽にコミュニケーションできているのは、何もかも私の優しいサポートのおかげだよ」

「そっ……そんなことは……まあ……あるかもしれない」

「だけどね、それが問題だったのかもしれないと私は気づきました」

「というと？」

「真に人間を成長させるのは新しい刺激なんです。私たち、お互い、もうずいぶん長いあいだ馴《な》れ合ってるでしょ」

「そうか？　まだ知り合って数ヶ月だろ」

しかし俺を無視して岬ちゃんは呟《つぶや》いた。

「本当に……私たち、もうずいぶん長い付き合いだよね。だからお互いのことをどうしても、古い見方でしか見られなくなっていると思うんだ。だから……」

「だから？」

「私たち、外で、お互い初めて会うみたいに会ってみようよ。そうすればきっと、いい方向に向かうと思うよ」

「…………」

「三日後のお昼、私は駅前広場にいるからね。その日、佐藤君は頑張って外に出て、私に近づいて声をかけてみて」

「な、なんで俺がそんなこと……」

「この練習をすることで佐藤君は、今までとは違う新しい刺激を受けるはずだよ。それによって佐藤君は、『新しい世界』に行けるようになるんだよ。いま資料をあげるからね」

岬ちゃんはノートの切れ端に地図を書き込むと、俺に渡した。

「三日後のちょうどお昼十二時だよ。このベンチで待ってるからね」

「い、行かないぞ、そんな面倒な……」

「そっか。この練習で手に入る『成長』や『新しい世界へのチケット』だけじゃ、佐藤君みたいな人は動かないよね。意識の低い人を動かすには、もっとわかりやすい飴《あめ》が必要だよね。よしっ……こうなったら私が一肌脱いで佐藤君のやる気を掻《か》き立ててあげるね……まったく、仕方ないなあ……」

岬ちゃんはノートの切れ端を俺から奪い取ると、その裏面になにかを書き込み、再度、俺に押し付けてきた。

「男の人ってこういうの、好きだろうからね」

俺がその書き込みを確認する前に、鞄を抱えて102号室から走り去っていく。

「まったく。なんなんだよ、あいつは」

とりあえず紙の裏を確認し、そこに書かれている文面を読む。

『なんでもチケット：もし佐藤君がこのミッションをクリアできたなら、私がひとつ、なんでも佐藤君の言うことを聞いてあげます。これはそのためのチケットです』

「な、なんでもチケットだと……？」

胸の鼓動が早鐘を打ち始めた。

2

心拍数が落ち着き、完全に日も暮れたころ、山崎が専門学校から帰ってきた。

俺はとりあえず岬ちゃんがくれた紙切れをポケットに突っ込み、山崎の部屋に向かった。

もう初夏ではあるが、いつも通り高コスパ料理であるところの鍋《なべ》を作る。

最新のPS《プレイステーション》や異様な色の光を発するゲーミングPCなどの先進機器が転がる山崎部屋に、湯気が立ち上る。

湿度が高まる中、俺たちは鍋をつつき、ストロングゼロを傾けながら、これから作るべきゲームのコンセプトについて語りあった。

天下国家を論じるが如く、ゲーム業界の行く末について熱い議論が交わされる。

「ところで山崎君……ちょっと俺の正直な考えを喋《しゃべ》っていいか？」

「もちろんですよ！　ゲーム作りはチームの率直な意見交換が大事ですからね！」

「そもそもゲームを作るという考えが間違っているんじゃないか、俺たち」

「なっ、何を言い出すんですか佐藤さん！」

「山崎君……確かに君は絵も音楽もプログラムも作れる。そう、山崎は真のマルチメディアクリエイターと言っていい。それは知ってる」

「だったら！」

「でも俺は、雑用もろくにこなすことができない無職のひきこもりだ。だから実質、俺たちのゲーム制作は山崎君、君が一人でやることになる。大変だぞ」

「あ、あんた、何をそんな他人事《ひとごと》みたいに……」

山崎は赤ら顔で俺を睨《にら》んだ。彼がたまに見せるこの本気の怒りが怖くて、俺は今まで言い出すことができなかった。俺たちのゲーム制作は何をどうしても成功しないという事実を。

でも、そろそろ勇気を出して向き合わなければならない。

「とにかくだな。俺と山崎ではまともなゲームなんか作れるわけがない。わかるだろ？　真実を見ろ」

「う、ううっ……」

山崎の口から嗚咽《おえつ》が漏れた。

俺も思わずもらい泣きしそうになった。とりあえず山崎の冷蔵庫からストロングゼロを取り出して、勢いよく流し込む。

「お前も飲むか？」

「飲みますよ！」

まもなく鍋とロング缶数本が空になった。

山崎はやけに晴れやかな顔を見せた。

「ははは……しょうがないですね。こうなったら僕たち、ただの一消費者に戻りましょうか」

「ああ。なんの義務感もない気楽な毎日を過ごそうぜ。最近良かったゲームはあるか？」

「それが……実は僕、最近あんまりゲームは遊んでないんですよ」

「こんなにゲーム機があるのにか？」

「プレイするのが大変で……もっぱら最近は寝る前に催眠音声を聴くぐらいですね」

「催眠音声？　なんだそれは」

山崎はノートパソコンのキーボードを勢いよく叩くとDLsiteを開き、アダルト催眠音声なるものをいくつか俺に紹介してくれた。

「へえー、なるほど。成年向けのストーリーを声優さんが熱演してくれるってわけだな」

「没入感が凄《すご》いんですよ。脳に染みますよね」

「わかる。ただ目を閉じて声を聴いているだけでその世界に入れるんだから、これはもう一種の仮想現実だな！」

「こういう声だけの作品なら、作るのもゲームに比べてラクそうですよね。ただ声を録音して、パッケージの絵を何枚か描くだけでいいんですから」

「…………」

「さ、佐藤さん！」

「そうだ、これだ！　成年向け催眠音声……これなら俺たちにでも作れるぞ！」

「で、でもまずは冷静に考えてみましょう。声はどうすればいいんですか？」

「山崎君、君が通ってる専門学校に声優科があっただろ？　そこに通ってる女子に頼めば問題はない」

「大ありですよ！　だって僕、学校に異性の友達、いませんから」

「じゃあ友達を作ることが当面の山崎の仕事だな」

「そ、そんな……」

「なあ、創作活動を軽々しく考えるのはやめろよ。創作にかけるお前の情熱はその程度のものだったのかよ」

「わかりました、やります。やってやりますよ！」

山崎は冷蔵庫から新たなるストロングゼロを取り出し、がぶ飲みした。

「よし、俺はこの成年向け催眠音声なるジャンルをリサーチする」

「頼みましたよ佐藤さん！」

そういうことで話はまとまった。

自室に戻ろうとする俺に、山崎が声をかけた。

「あ、ところで佐藤さん、言っておきますけどね。僕、男の友達なら学校にいますからね。佐藤さんみたいな完全なひきこもりとは違いますから」

「本当かよ」

無駄に気難しいところのある山崎、彼の友人になれる奴なんてそうそういないと思うが……。

「ラップって言うんですかね。あの早口言葉みたいなものがあるじゃないですか」

「ああ、あるな」

「それを真剣にやってる人で……全然僕とはジャンルが違うんですが、創作に真剣なところが妙にウマが合って。あ、そうそう。今日はこんなものをもらいましたよ」

山崎は通学鞄《かばん》から、何かタバコ状のものを取り出した。

「なんだこれ、手作りの紙巻きタバコか？」

「これ、ラッパーはみんな吸ってるって言ってました」

「お、おい！　まさか、それって……」

俺は山崎の手からその紙巻きタバコを奪い取ると鼻に近づけた。かつて嗅《か》いだことのない謎の植物の香りがする。

「バカ、こんなもの早く捨てなきゃダメだ！」

「あれ、佐藤さんって意外にそういうの気にするタイプだったんですね」

「あ、当たり前だ。お前、こんなもの絶対に吸うんじゃないぞ。これは……大麻だ！」

「ははは、わかってますよ。でもそんなに毛嫌いしなくてもいいんじゃないですか」

山崎は大麻の良さについて文化的、科学的、経済的側面から長々と語った。どうやらそのラッパーの友人からの受け売りらしい。

俺は耳を貸さなかった。

「ダメなものはダメだ。これは俺が処分しておく」

「はいはい、別にいいですよ。それよりも催眠音声のリサーチ、よろしく頼みましたからね」

俺は紙巻きタバコをポケットにしまうと自室に戻った。

3

深夜、布団の中でゲームしているとスマホが震えた。

先輩からのメッセージだ。

『起きてる？』

『なんすか？　起きてますけど』

しばらくすると音声通話がかかってきた。

『ごめん、迷惑だったよね。でもちょっと佐藤君の声が聞きたくて……』

先輩はたどたどしく世間話を始めた。

ところどころ呂律《ろれつ》が怪しく会話の論理展開がおかしいことから察するに、酒か、何らかの処方薬が入っているようだ。

これは長くなりそうだ。

俺は冷蔵庫からストロングゼロを取り出して開けると、できるだけ気力を減らさずに先輩の話を聞く体勢を取った。

メンタルを病んでいる人の会話は、無駄に世界観が暗い。それでいて、こちらの意識を強く惹《ひ》きつけ巻き込む魅力を持っている。

気をつけなければ。

濃厚なタナトスの雰囲気に満ちた先輩の世界には、できれば深入りしたくない。

ということで俺は暗い部屋で酒をちびちび飲みつつ、片手でスマホをいじりながら、先輩の話にはいはいと適当に相槌《あいづち》を打ち続けた。

「ねえ、ちょっと。真面目に聞いてるの？　佐藤君」

「き、聞いてますよ。会社の仕事が大変なんですよね」

「もう。ぜんぜん違うわよ。結婚のこと。私、本当に、このまま結婚していいのか不安なのよ……」

「ああ、そっちの方ですか。まあ、なるようになるんじゃないですか」

「ねえ、佐藤君……さっきからスマホいじってるでしょ」

「な、なんでそれを……」

「君とは高校からの付き合いだからね。それより、何見てるの？　どうせ佐藤君のことだからくだらないゲームかネットのまとめサイトでしょ」

「違いますよ。実は俺、山崎とYouTubeチャンネル始めたんです。その管理をしてるんです。動画についたコメントへの返信を考えてるんです」

「えっ、もう動画がアップされてるの？　観たいわ」

「絶対にダメです、恥ずかしいから」

しかし先輩はものの数分で、俺と山崎のYouTubeチャンネルを見つけ出した。

「山崎君と佐藤君の文芸部のペンネームで検索したら、すぐに出てきたわよ」

「………………」

「なんだ、たったひとつしか動画がアップされてないじゃない。しかもマスクで顔を隠してる男二人が、『僕たちの創作活動をお届けします』なんて抽象的なことを喋《しゃべ》ってるだけ。つまらないの」

「そっ、それでも応援コメントがついたんですよ！」

「なんて返信したの？」

「それが……どう返信すべきかここ一週間、ずっと迷ってます。ここでよくない返事をしたら、せっかくのファンが逃げてしまいますからね」

「呆《あき》れた。少しは新しいことしてるかと思ったら、やっぱりいつもの佐藤君か。まあいいわ。それよりも、YouTubeにはディープステートの息がかかってるんだから、気をつけてね」

「ディープステート？」

「なんだ、知らないの佐藤君。ディープステートっていうのは……」

この世を裏から操る闇の組織のことらしい。そいつらの陰謀について先輩は詳しく解説してくれた。

「佐藤君がスマホ中毒なのも、言ってみればディープステートの陰謀のせいなのよ」

「え、ええ……」

「はは、冗談よ」

「よかった。本気なのかと」

「冗談に決まってるじゃない。こんな軽々しく言葉で語ることができる陰謀なんて、たかが知れてるのよ」

「…………」

「私たちが本当に気をつけなければいけないのは、もっと目に見えない陰謀。いいえ……あまりにもあからさまに目に見えているのに、私たちがどうしても気がつくことができない恐るべき陰謀……気をつけるべきは、それよ」

「何ですか、『それ』って」

「私にもよくわからないわ。ネットではディープステートの略の『ＤＳ』が、諸悪の根源として語られることが多いの。でもね……おかしな話だけど、私は諸悪の根源は、アルファベットで三文字な気がするのよ」

「三文字ってことは、たとえばＫ　Ｋ　Ｋ《クー・クラックス・クラン》とか、そういうことですか？」

「そう、そんな感じよ！　でもＫＫＫってアメリカの古い団体でしょ。私たちが暮らす日本には、日本らしい陰謀があると思うのよね」

「ＫＫＫじゃなくて、日本らしいもの……たとえばＮＨＫなんてどうですかね？」

「それよ！　ＮＨＫこそが、私たちを苦しめている諸悪の根源に違いないわ！」

「確かに受信料は払いたくないですよね」

「ううん、受信料なんてものよりも、もっと恐ろしい陰謀をＮＨＫは繰り広げているのよ」

「でも日本放送協会は、ただのテレビ局でしょ」

「いいえ。ＮＨＫにはもう一つの隠されたダブルミーニングがあるのよ。その意味、佐藤君はわかる？」

「ええと……日本ひ弱協会なんてどうですか？　先輩は基本、いつも心が弱ってるじゃないですか」

「弱くもなるわよ。佐藤君はおかしいとは思わないの？　この世界」

「まあ、確かにおかしいところはありますよね。不平等が多いですよね」

「違うわ。そう言うことじゃないのよ。もっと、こう、なんていうか……いつも同じことを繰り返してるっていうか。どうしても前に進めないっていうか。前に進もうとして、いつも努力してるはずなのに、同じようなことばかり繰り返してしまうの」

「わかりますよ、それ」

「わ、わかるの、佐藤君？　私が何を言っているのか」

「もちろんです。だって俺たち、高校時代からこんなだったじゃないですか。部室でずっとこんなふうにダラダラ喋って時間を潰《つぶ》して……」

先輩は一瞬の沈黙ののち、笑い声を発した。

「ははは。そうね。確かに私たち、昔からこんなだったわよね」

「よくないですよね」

「もちろんよくないわよ。佐藤君、いつまでもひきこもってちゃダメよ」

「先輩こそ、処方薬を酒で飲んだら体に悪いですよ」

その後、相手の生活態度へのダメ出しが応酬された。

あまり生産的な会話とは思えなかったが、DSの陰謀や、NHKの真の意味など、頭がおかしくなりそうな話題は、もう回帰してくることはなかった。

さらに三十分が過ぎたころ、先輩の応答にラグが発生するようになった。

そろそろ寝落ちしかけているらしい。

半ば夢を見ているような声で先輩は言った。

「まったく……本当に佐藤君はダメな人ね。いつまでも変わらないんだから」

「そんなことないですよ。俺だって変わりたいと思ってますよ」

「具体性がないのよ……どうやって変わろうっていうの？」

「一応、あてはあります」

俺は枕元に置かれた紙切れに目を向けた。

『なんでもチケット』

これはとんでもない可能性を秘めたチケットだ。

指定されたミッションをクリアしさえすれば、岬ちゃんがなんでも俺のいうことを聞いてくれるのだ。

そう……このチケットの力を使えば、俺は新世界へと旅立つことができるのだ。

ミッション内容もとても簡単。

三日後の正午に駅前に出て、そこで待っている岬ちゃんに声をかけるだけ。

「絶対に俺は、新しい世界に旅立ってみせますよ」

「心配よ……何をするつもりかはわからないけど……」

先輩の声はどんどんスローになっていく。

「そうやって……何か決意するほどに……君は失敗するんだから」

「俺の何がわかるって言うんですか」

「わかるわよ……だいたいのことは……」

そこで先輩は完全に寝落ちした。

俺はさらに念のため、五分ほど彼女の寝息を観測してから通話を切った。

とにかく。

先輩がなんと言おうと俺は新たな世界に旅立つ。

そのために……俺はスマホにメモを起動すると、ミッション成功のための細かなプランを練り始めた。

4

目が覚めるとすでに日は傾きつつあった。

いつもなら、夜に公園で行われる『ひきこもり脱出のためのカウンセリング』に向かう準備をする時間である。

だが例のミッション当日まで、岬ちゃんは俺の前に姿を現さないことになっている。

よって俺は、山崎が専門学校から帰ってくるまで二度寝することにした。

俺にとって睡眠は人生最大の喜びであり、寝るために生きていると言っても過言ではない。

だが眠りに落ちる前に、枕元のスマホのメモ帳をふと見ると、そこに謎のチェックリストが存在していることに気づいた。

「こ、これは……思い出したぞ。『ミッションクリアのためのチェックリスト』だ」

昨夜、先輩との長電話の後に、俺が夜なべして作ったものである。

これによると、まず俺がすべき行動は『二度寝をしない』ことだ。

確かに、このまま二度寝をすれば、就寝と起床のリズムが一日につき一時間ずつ後ろにずれていく。そんなことになれば、俺はミッション当日に寝過ごしてしまう。その結果、この爛《ただ》れたひきこもり生活が永遠に続くことになる。

ダメだ、そんなの。

俺は変わらなくてはならない。

特に理由なくアパートでダラダラするだけの生活。そんなものはもう止めなくては。

ということで俺は全精神力を振り絞り、布団の外に出た。

しかし気分が悪い。

このままでは体調が悪くなって、病気になってしまう。やっぱりもうちょっとだけ寝た方がいい。

だがチェックリストが俺を押し止《とど》めた。

『布団から出たら、すぐにコーヒーを飲むべし』

なるほど。

カフェインによって二度寝を防ごうというのか。

しかもなんと、テーブルの上にマグカップとインスタントコーヒーの瓶が置かれているではないか。どうやらこれは、昨夜の俺が先回りして用意してくれたものらしい。

「…………」

そういうことなら仕方ない。

俺は布団に戻るのを諦《あきら》め、電気ポットで湯を沸かしコーヒーを飲みつつ、スマホのメモを見た。

チェックリストは更なる行動へと、俺を導いていった。

『カーテンを開けて日の光を浴びるべし』

なるほど。日光を浴びて、内分泌ホルモンのバランスを調整しようというわけか。

「よっこらしょ、と」

運動不足によって足腰が弱っているのが感じられたが、何とかマグカップ片手に立ち上がり、カーテンを開けた。

「うっ、眩《まぶ》しい……」

思わず目を細める。すでに日はかなり赤くなっていたが、先ほどまで寝ていた俺の目には眩しすぎた。

光への恐怖を感じ、思わずカーテンを閉じそうになる。

だが、なんとかその反射的な防御行動を抑えて、チェックリストの次なる項目を読む。

『スマホでゲームをすべし』

なるほど。日の光を浴びる不快さを、ゲームという慣れ親しんだ行動によって中和しようということか。

俺は最近ハマっているソシャゲを起動すると、デイリークエストをこなした。だんだん目が覚めてきた。

夜には山崎が帰ってきたので、いつもの創作会議を始めた。やはり催眠音声こそが俺たちの進むべき道であると、意見を強く統一できた。

「やりましょう佐藤さん！」

「おお、全力でやってやるぜ！」

盛り上がってきた。

こうなったら山崎が寝落ちするまで、会議を続けよう。俺は山崎の冷蔵庫から、ストロングゼロを取り出そうとした。

だがそこで、昨夜セットしておいたスマホのアラームが俺を正気に戻した。

そうだ。夜更かしはダメだ。

もう寝る支度をするべきときだ。

岬ちゃんに課されたミッションをクリアするために。そして、『なんでもチケット』を使って、新たなる世界を体験するために。

名残惜しかったが、山崎部屋を早々に退出して寝た。

一夜明けて目が覚めた俺は、服を洗濯し、髭《ひげ》を剃《そ》った。

それから岬ちゃんに指定された駅前のベンチを、Googleストリートビューで確認した。

「よし、完璧《かんぺき》だな……」

俺は額の汗を拭《ぬぐ》った。

昨日と今日のハードなワークにより、自律神経および睡眠リズムは整えられた。

物理的な準備も完璧だ。

これならイケる。そんな確信が湧いてきた。

だが寝る直前、また先輩から通話があった。

彼女はビジネスパーソンの悩み事を、取り留めもなく吐き続けた。

俺はカウンターとして、無駄に長くつまらなく、なんの意味もない話を始めた。

「つまり人間は、無数の細胞からできているんですよ」

「ふーん」

「細胞は無数の分子、原子からできています」

「それで？」

「原子は、原と子という漢字から成り立っています。漢は中国に昔あった王朝です」

「ちょっと佐藤君。急にそんな話、なんのつもり？」

「いいから聞いてください。もう少し聞いていればいい感じになるんで」

「もう、仕方がないわね」

俺は中国の王朝を覚えている順に並べた。

さらに世界史の登場人物とそのエピソードを、思いつく順にランダムに語った。それから話題を、歴史から自然科学へと移していく。

「宇宙は広いですよね。広いだけでなく、宇宙そのものがたくさんあるらしいですよ。多元宇宙という奴です」

この前、深夜のコンビニで立ち読みした科学雑誌、そのうろ覚えな内容を淡々と語る。

そのうちスマホの向こうで先輩が寝息を立て始めた。

よし……。

念のためさらに五分ほど通話を維持し、先輩の完全なる入眠を確かめてから切る。

それから自分の入眠に集中する。

ここで速やかに眠ることさえできれば、明日《あした》の岬ちゃんのミッションをクリアできることは確実となる。そうすれば俺は『なんでもチケット』を手に入れ、その力によって新たなる世界の扉を開けることになるだろう。岬ちゃんに、なんでも好きなことを命令できるのだ。そこに俺の新世界がある。

だというのに、今日はどうしても眠くならない。

さすがに、まだ時間が早すぎるのか。

それとも、何か眠れない原因があるのか。

すでに身体的、物理的なレベルでの準備は完全に整えてある。となると残っているのは心の問題だ。

心理的な問題こそが、俺の眠れない原因であるのは確定的に明らかと思われた。

しかし自分の心の中など覗《のぞ》きたくなかったので、俺は真っ暗な部屋の中、今の俺にできる何か生産的な行為を探した。

それはすぐに見つかった。

DLsiteでの市場調査だ。

俺はスマホのブックマークからDLsiteを開き、成年向けの『ボイス・ASMR』という項目を開き、実家からの仕送りの残額を使って上位人気作品三作を購入し、再生した。

「おお……」

『異世界でエルフとイチャラブ百連発』

『メスガキわからせミッション』

『姉と妹と同級生と人妻と温泉旅行』

タイトル通りの内容を演じる甘いボイスが、俺の脳幹へとダイレクトに送り込まれてくる。

「うおっ、刺激が強すぎる！」

俺は人生で初めて味わう強さの、脳が溶ける多幸感を覚えた。クールダウンするため、床のゴミの山からタバコとライターを探して手に取った。

火をつけて胸一杯に煙を吸う。

「げほっ、げほっ……こ、これは……」

山崎がラッパーの友達から貰《もら》ってきた、日本ではあまり流通していない植物の紙巻きタバコだった。

捨てるのを忘れていた。

「や、やばい。すぐに消さないと……」

だが……何となくいい雰囲気になってきた。倫理的にもそんなに問題ない気がしてきた。

「そういえば、ジョン・レノン……スティーブ・ジョブズ……そしてイーロン・マスク……皆、この植物が好きらしいな」

そんな有名人が好きな植物が、悪いものであるはずがない。

「もう少しだけ吸ってみよう」

催眠音声を聴きながらこの植物の煙を吸っていると、かつてない陶酔が俺の中に生じてきた。

これは釈迦《しゃか》族の王子、シッダールタが追い求めていたニルヴァーナというやつではないか？　そんな洞察も得ることができた。

ところでニルヴァーナといえば、前世紀に存在したロックバンドであるが、そのメンバーは鬱《うつ》になって自殺したらしい。

その原因はもしかしたら、当時の冷たい世界には、この成年向け催眠音声が生まれていなかったためではないのか？

成年向け催眠音声、例えばこの『ＪＳＪＣＪＫ完全調教トリップ』などの、インナーワールドの豊かさを補完する作品が世界に存在してこそ、初めて人はこの精神拡張作用を持った植物を安全に体験できるのではないか？

だがこの洞察はしょせん、俺の単なる勝手な思いつきに過ぎない。それをより現実的な地に足のついたものとするためには、堅実な調査が求められた。そのために俺は、新たな紙巻きタバコに火をつけると、さらに五つの催眠音声をDLsiteから購入した。

今月の仕送りはこれで完全に無くなってしまったが、俺にはクレジットカードがあった。そのような現代の資本主義の力すら味方につけて、俺は催眠音声と大麻のコンビネーションが人間にもたらすプラスの効用をリサーチし続けた。

その結果はポジティブなものであり、俺はついに確信した。

これはとてもいいものだ！

その核心と共に俺は決意した。

俺もこんな素晴らしい催眠音声のクリエイターになるぞ！　それによって世界に笑顔を広げるんだ！

脳内でＪＳＪＣＪＫに囲まれながら俺は固くそう誓った。

「…………」

だがいつしか会社員たちがアパートの前を歩く気配が、早朝の空気を通じて俺の部屋の中にまで浸透してきていた。

冷酷なる社会からの圧力を感じた俺は、カーテンを閉め切り布団に潜って夜まで寝た。

＊

「…………」

学校から帰ってきた山崎と、今夜も鍋《なべ》を作った。

グツグツ音がしてきたところで、ポケットのスマホが震えた。

「すまん……ちょっと出てくる」

「なんですかもう。先に食べてますからね」

俺はそのままアパートを出て、近所の公園に向かった。

夜道を五分ほど駆ける。

すると公園の奥、いつものベンチに、遠くの街明かりを背負った少女の影が見えた。

「遅いよ、ひきこもり脱出のためのカウンセリング、遅刻したら罰金百万円だよ」

「はあ、はあ……すまん」

「何が？」

「約束を守れなくて。新しい場所に行けなくて。ごめん」

「わかってたよ。佐藤君が来ないことぐらいね。私も少し安心したよ」

飾り気のないTシャツを着た彼女は、テーブルにノートを広げた。

「いいのか？」

「新しい世界を始めるミッション……ちょっと佐藤君には時期尚早だったみたいだね。閉じた世界で生きるかわいそうなひきこもりには、気の長いケアが大事だからね。昔ながらの安心する講義をまた繰り返してあげるよ」

「なあ、聞いてくれ。俺は本当は変わりたくないんだ。ずっとこのままでいたいんだ」

「そんなこと、知ってるよ。長い付き合いだからね」

岬ちゃんは、公園の暗闇の中で一瞬ほほえんだ。

だがすぐ真面目な顔を作ると、ノートをめくった。

「この講義、佐藤君が心からわかるまで、何度も繰り返すからね。いい？」

俺はうなずいた。

講義が始まった。

もうこの講義が始まってから本当に長い時間が流れており、そのため彼女が何を言おうとしているのか、俺はほとんど彼女が口を開く前から全部わかっていた。

だが少しでも長く彼女の声を聞いていたい。だから俺は何も言わず黙って彼女の声に耳を傾けていた。

やがて今夜の分の講義が終わると、彼女は高台にある家へと走って帰っていった。

「…………」

俺はアパートに戻った。

ゲームする山崎の背中を眺めながら冷めた鍋を食べる。

その後のアニメ鑑賞会の最中、ポケットのスマホが震えた。

「明日《あした》も忘れずに講義を受けに来るんだよ」

そのメッセージに俺は了解のスタンプを送り返した。

第二話　未知なる妹と永劫回帰

1

目の前に壁がある。

壁際に敷いた布団に、横を向いて寝ているためである。

俺は壁紙の模様を見ながら、ため息をついた。

「はあ……疲れた」

この疲れは一日二日寝た程度では取れない。あと数万年、いや数億年は休みたい。

金の心配もせず、ゆっくりと。この安全な部屋の中で無限に。

だが現実は忙しいこと、考えなければいけないことで一杯だ。

まもなく実家からの仕送りが止まる。なんとかして金を稼がなくては。そのために一刻も早く外に出なくては。

「…………」

しかし「北風と太陽」のような寓話もある。

冷たい北風を吹き付けられた旅人は、コートのボタンを閉じて防御を固める。それは生物として当然の反応である。同様に、『金の心配』というストレスを与えられた俺が、現実の冷たさから身を守るため、部屋に籠《こも》ることも当然である。

そう……俺が外に出るために必要なのは、北風のような冷たさではなく、むしろ太陽のような暖かさではないか？

『外にはすごくいいことが待ってるよ』

そんなポジティブな動機付けがあってこそ、初めて俺は外に出られるのではないか？

だがこの理論を実証する機会を、俺は自らの手でゴミに捨てていた。

「そうだった……外にどれだけいいことが待っていたとしても、俺は、俺は……」

俺は手を伸ばしてゴミ箱の中を探った。まもなくクシャクシャに丸まった『なんでもチケット』が出てきた。

これはあの謎の女子高校生、仲原岬に、なんでも言う事をきかせることができる夢のようなチケットである。

「…………」

その無限の可能性に想いを馳《は》せると、チケットを持つ手が興奮で震える。

だがその有効化の試練……昼の駅前のベンチにいる岬ちゃんに声をかけることに俺は失敗していた。そのためこのチケットは、今ではただの燃えるゴミに過ぎない。

「はあ。俺はダメだ……ダメだダメだダメだ！」

「まったく。本当に佐藤君はしょうがないなあ」

「うおっ！」

寝返りを打って振り返ると、布団の横に岬ちゃんがしゃがみ込んでいた。

なぜか高校の制服姿だ。違和感がすごい。

「さっきからぶつぶつ独り言を呟《つぶや》いてたのを聞いてたけど、本当に佐藤君はしょうがない人だよね」

「おっ、俺の何がしようがないというんだ。俺は何もしようがなくないぞ」

「佐藤君……もう一回、挑戦してみたいんでしょ。『なんでもチケット』の試練」

「も、もう一回？　そんなことができるのか？」

「前回の試練のことは、私も少し反省してるよ。『昼間の街にやってきて。初めて会うように私に声をかけて』だなんて、佐藤君にはハードルが高すぎたからね」

「…………」

「そんなの、幼稚園児に一人でメキシコの危険地帯に行けと命じるようなものだからね。無能な人間に難しい課題を与えても、余計に無力感を高めるだけだからね。そういうわけで、次はもうちょっと難易度の調整に気をつけるよ」

岬ちゃんは俺から『なんでもチケット』を奪い取ると、通学鞄《かばん》から取り出したペンで、裏面に何かを追加で書き込んで俺に渡した。

「な、なに……『明後日《あさって》の午後四時、大樹《たいじゅ》公園のベンチにいる私の隣に座ること。この試練をクリアすることで、なんでもチケットが有効化されます』だと？　本当にこんな簡単な試練でいいのか？」

岬ちゃんはうなずいた。

「私はね、ずっと人は平等だと思ってたんだ。だから佐藤君のことも人間扱いしなくちゃと思ってたんだ」

岬ちゃんは床のゴミを大雑把に除《よ》けてスペースを作ると、そこに腰を下ろした。

「でもね。それは非現実的なことだったよ。私たちは現実を直視しなくちゃいけないんだ。佐藤君は普通のことができない普通以下の存在。私と佐藤君は平等じゃない。それが現実だったんだよ」

「ばっ、馬鹿にするなよ！　明後日の夕方、このアパートから歩いて十五分のところにある、あの大きな木が生えてる公園に行くぐらい、いくら俺でも簡単に達成できるに決まってる！」

「私はね、そうは思わないよ」

岬ちゃんは真剣な顔で俺を見つめた。

「だって佐藤君、私と出会ってから、何かひとつでも『成功』したこと、ある？」

「成功……そんなものいくらでも……」

だが、どうしても成功の記憶が思い出せない。俺は頭を捻《ひね》り成功のヴィジョンを記憶の奥に探した。

ふいに過去の記憶が脳内に渦巻く。

無数の映画フィルムのような記憶の断片の中には、明らかにこの俺が体験したことのないものまで紛れ込んでいるように思われた。

無人島の断崖《だんがい》絶壁から飛び降りようとしている俺……冬の日本海に全力ダッシュで飛び込もうとしている俺……。

「うっ、またかよ」

俺は額を手のひらで押さえてうめいた。

「どうしたの、佐藤君？　頭が痛いの？」

実はここ数日、脳の調子が悪い。

いつも調子は悪いのだが、先日、山崎がラッパーの友達からもらってきた例のタバコを吸って以来、特におかしい。

ふと気を抜くと、今の人生とは関わりのない謎の記憶が脳内に再生されてしまうのだ。しかもその記憶の中で俺は、ほぼ百パーセント、何かに失敗、あるいは挫折《ざせつ》していた。

そのせいで、ただでさえ重くのしかかっている気持ちの疲れが、何千年分もブーストされているように感じられる。

俺はため息をつくと、ゴミに囲まれた布団に力なく腰を下ろした。

「岬ちゃんのいう通りかもしれない。俺はいつも失敗ばかりだ……」

岬ちゃんは自説を肯定されて嬉《うれ》しいのか、満面の笑みを浮かべた。

「ね。そう思うでしょ」

「ああ……俺はこのまま失敗続きの人生を送って、どこかの断崖絶壁から飛び降りることになるんだ」

「そうかもね。でもやけになったらダメだよ。小さなことから直していこうよ」

「ダメだ！　早く人生を一発逆転しないと！　早く、早く……」

俺は布団から起きると今すぐやるべきことを探し、床に堆積《たいせき》したゴミを漁《あさ》った。

確か何かの大事な書類を、ゴミの中に何枚も置き忘れていたはずだ。大切な書類を見つけて、早く然《しか》るべき処理をして、人生を立て直さなくては……。

岬ちゃんに強く手を摑《つか》まれる。

「やめて。こっちを見て」

「何するんだ。早く必要事項を記入して提出しないといけないんだ」

「それは大学の講義届だよ。ずっと前に辞めてるんだから、今の佐藤君には関係ないよ」

「じゃ、じゃあ生活を立て直すプランを考えないと……早く……早く……」

俺は色褪《いろあ》せた大学の講義届を裏返し、コンビニ弁当の容器が積み重なる折りたたみテーブルの隙間に置くと、そこに理想のモーニング・ルーティーンを書き込んだ。

・朝五時起床（早起きして時間を有効活用）

・瞑想《めいそう》（心の中で理想の将来をイメージ）
・タンパク質の多い朝食（卵や鶏肉《とりにく》等。野菜と果物も添える）
・軽い運動（ジョギングやストレッチ）
・読書（良書を10ページほど）
・日誌記入（建設的な予定を書く）

「完璧《かんぺき》だ！　これなら逆転できるぞ！」

「佐藤君！　佐藤君ってば！」

「な、なんだよ……」

「無理だよ、そんなの」

「…………」

「そんなのひとつも佐藤君にできることじゃないよ」

「やってみなきゃわからないだろ。ここで諦《あきら》めたら俺は一生ひきこもりなんだよ！」

岬ちゃんは一度深呼吸すると、静かに言った。

「いいじゃない、それで」

俺は絶句した。

「佐藤君は一生ひきこもり。もし仮に、一時的に外で働くことができたって、すぐに諦めて部屋に戻って今と同じような生活を永遠に繰り返すよ。それでいいんだよ」

「な、何を見てきたように。人の人生を勝手に決めるなよ！」

「でも、そんな気がするでしょう？」

「確かに……」

　非科学的かつ不合理な話だが、すでに千周ほどもひきこもり生活を繰り返してきた気がする。それは深く掘られたレコードの溝のようなもので、そのルートの外に抜け出すことは無理に思える。

　しかもそのループの中で俺の感情は摩耗しており、薄暗いひきこもり人生に対しても、己の挫折人生に対しても、もはや強い嫌悪は湧いてこない。濃霧のような疲れと諦めが俺を包んでいるばかりである。

「まるで『永劫《えいごう》回帰』だね」

　岬ちゃんは通学鞄から、一冊の古びた文庫本を取り出した。そのタイトルは『ツァラトゥストラかく語りき』。著者はフリードリヒ・ニーチェ。

「佐藤君のダメな生活には『ループ』の性質があるってこと、私は気づいているからね。そこから抜け出すためのヒントが『永劫回帰』っていう哲学に隠されているかもと思って、借りてきたんだ。学校の図書館から」

「よ、読んだのか」

「高校生だもの、このくらいさっと読めるよ」

「そう言えばその制服……復学、したのか？」

「復学だなんて、そんな大袈裟《おおげさ》なものじゃないよ。ここ数ヶ月、ちょっと家で英気を養ってただけだからね。高校生が学校に行くのは普通のことだよ」

「…………」

「いい？　永劫に繰り返されるループの中で、まず必要なのは何より、このループの一瞬一瞬を肯定することだよ。それがニーチェさんの考え。私、学校が忙しくなるから、しばらく夜のカウンセリングはおやすみするよ。だけど『肯定』すること……佐藤君はこのことに気をつけて暮らしてみてね」

そう言うと岬ちゃんはスカートの裾《すそ》を翻して立ち上がった。

「そうだ、私の家から持ってきた食べ物、さっき冷蔵庫にいろいろ入れておいたから、山崎君と食べてね」

玄関で通学靴を履きドアを開けて立ち去るそのとき、彼女は振り向いて言い残した。

「それに明後日のこと、忘れないでね。大樹公園のベンチで、期待しないで待ってるから」

2

先ほどは岬ちゃんの前で取り乱してしまった。

そのことを布団内で恥じているうちに日が暮れた。

山崎が専門学校から帰ってきたころ、ようやくわずかに気持ちが落ち着いてきた。

「………………」

改めて、岬ちゃんが残していった言葉を振り返ってみる。

『佐藤君のダメな生活にはループの性質があるってこと、私は気づいているからね』

俺の生活がループの様相を呈している。それは確かである。

夕方に起き、学校から帰ってきた山崎と鍋《なべ》を食べつつ、どうせ実現不可能な催眠音声創作プロジェクトの計画を立てる。

夜には先輩から通話がかかってくる。不眠気味で処方薬を飲んでいるためか、彼女のトークはテンポがずれている。噛《か》み合わない受け答えを続けているうちに日付が変わる。話題も気持ちも噛み合わないとは言え、一応、先輩は俺の初恋の相手である。そんな奴と深夜に通話するというアクティビティは、俺の精神を深く静かに揺さぶる。

少しでも眠気を感じると先輩は躊躇《ちゅうちょ》なく通話を切るが、俺の方はもう朝まで眠ることはできない。カーテンの隙間から朝日が部屋に差し込むまで、スマホをいじり続ける。そして通勤通学の喧騒《けんそう》が窓の外から響いてくるころ、俺は社会から逃げるように、布団をかぶって目を瞑《つぶ》るのである。

「………………」

むろん俺とて、こんな自堕落な生活を望んでいるわけではない。むしろ俺はこの繰り返しの全フェイズを憎み、否定している。

こんなことではいけない！

もっと生産的な時間を過ごさねば！

そう思う。

だがどれだけ強く現状を否定しても、俺はいつまでも昼夜逆転を続け、外に出ることはない。

「…………」

ここでふと、岬ちゃんの謎めいた言葉が脳裏をよぎった。

『永劫に繰り返されるループの中で、まず必要なのは何より、このループの一瞬一瞬を肯定することだよ』

何かの根拠のある言葉とは思えない。

岬ちゃんはニーチェの哲学書なるアイテムを小脇に抱えており、『永劫回帰』や『ループ』といった発想は、そのアイテムから導き出されたものらしかったが、実際のところ彼女がそんな難しい本を読めるとは思えない。

どうせ『五分でわかるニーチェ』のような、お手軽なYouTubeのビデオでも見て、そこから気の利いたキーワードを拾ってみたというのが真相だろう。

そんな疑いがありながらも、『一瞬一瞬を肯定する』という方向性には、不思議と引きつけられるものがあった。

今までと同じことをしていても、今までと同じ結果が生まれることは確かである。ぐちぐちと自己否定を続けていたらどんどん気力体力が衰えていき、より一層、身動きが取れなくなっていくのは確かである。

その結果、この『なんでもチケット』を、また俺は無駄にしてしまうのだ。

それだけは避けなければならない。

そう……今度こそ俺は、このチケットを有効活用する。そして、今まで体験したことのない未知の中へと飛び込んでいく。絶対に。

そのために……。

「せめて今日一日だけでも、物事を否定するのをやめてみるか。ネガティブなことばかり考えていたら、性格が悪くなるものな」

そうこうするうちに腹が減ってきた。

布団から出て、冷蔵庫を開け、鍋の食材になりそうな野菜をいくつか取り出すと、隣室に向かった。

101号室のドアを開けると、専門学校から帰ってきたばかりらしい山崎の背中が見えた。俺は『物事を否定せず肯定する』という心構えと共に声をかけた。

「よう山崎。学校はどうだった？　ちゃんと友達と仲良くしてきたか？」

山崎は振り返ると、ポケットから紙巻きタバコを取り出して俺に見せた。

「見てください佐藤さん！　またラッパーの友達がくれたんです！」

俺は全力で大麻を否定した。

鍋が煮えた。山崎のメガネが湯気で曇る。

「もちろん僕だって、こんな植物に何かしらの執着や思い入れがあるわけじゃありませんよ。ただ佐藤さんは、少し社会通念に囚《とら》われすぎじゃないですかね。ラッパーの友人は言ってましたよ。『害と利益を秤《はかり》にかけたとき、大麻は利益の方が大きい』って」

そこで山崎は一息つくと、ストロングゼロを流し込んだ。すぐに顔が赤くなる。

「利益だと？」

俺の問いかけに対し、山崎はラッパーの友達からの受け売りらしき、大麻肯定理論を唱えた。

＊

権威ある医学雑誌『ランセット』に掲載された論文においては、大麻の有害性はタバコやアルコール以下と評価されている。

また本邦においては古来、人々は大麻と親しく付き合ってきたと言う伝統がある。大麻、それは神事には欠かせない植物である。

さらに現在の国際社会において、大麻ビジネスにはMicrosoftなどの大企業も次々と参入しつつある。今この流れに乗り遅れることは、我が国の経済にとって大きな打撃となる。

現にAppleやテスラなど、この地球で最も成功している企業の創業者は皆、大麻のヘビーユーザーという話もある。

　そもそも現代社会における優れた文化やアイデアは、すべて大麻などの幻覚剤を使用した際に得られる変性意識状態から生まれたものである。

　本邦の長きにわたる経済的、文化的競争力の落ち込みは、人類の健全な進化にとって必要不可欠なファクターであるところの変性意識状態を、頑《かたく》なに否定する姿勢から生じているのである、云々《うんぬん》。

「なんなんだよ、その変性意識状態ってのは？」

「通常、僕たちの意識は狭い領域に押し込められ、制限されています。そのリミッターが外れて、より広い現実を認識できるようになった状態、それが変性意識状態です」

「よくわからないが、仮に俺たちの意識にリミッターがかかっているとしたら、それは何かの必然性があって、かかっているんだろ。外れたらやばいんじゃないのか？　そもそもどれだけ理屈を捏《こ》ね回しても、犯罪は犯罪だろ」

「ああもう佐藤さんは否定してばっかりですね！」

　山崎は大きな音を立ててストロングゼロをテーブルに置いた。

「どいつもこいつも口で僕の計画を否定するばかりで、誰も僕の先進性をわかろうとしないんですよ！」

「す、すまん」

どうやらまた専門学校でストレスを溜《た》め込んできたらしい。このままだと酒癖の悪い山崎の愚痴に、深夜まで付き合うルートが始まってしまう。俺はとにかく否定をやめ、肯定することを心がけてみた。

「うんうん、俺はわかってるぞ。山崎君の先進性を」

「いったい僕のどんな先進性がわかるって言うんですか?」

「そ、そうだな……やっぱりあれだよな。『催眠音声』を作ろうっていう計画。あれは結構いいよな。ほどほどに先端な感じがあるな」

「ですよね! 死ぬほど頑張ってゲームを作っても、結局は実況動画の餌になるだけです。でも『催眠音声』はそのコンテンツの性質上、この自分自身が体験しなければならないものなんです」

「確かに! 他人が催眠音声を聴いてトリップしてるYouTubeビデオを見ても、なんの意味もないからな」

「まさに人生と一緒ですね。体験してみなければ、その深い意味はわからない」

「ああ、そうだな……人生は深いよな……」

俺は雰囲気に流され、特に意味もなくしみじみした気分になった。鍋の煮える音が響く山崎の部屋で、しばし俺は目を閉じて時間の流れに身を任せた。

「なのにあの愚鈍ども!」

「うおっ!」

目を開けると山崎がストゼロ缶を握り潰《つぶ》していた。

「この僕がせっかく声をかけてやったってのに、なんで僕たちの先進的なプロジェクトに協力してくれないんだ！」

「お、落ち着け山崎君。落ち着くんだ！」

潰れた缶から溢《あふ》れた糖類ゼロのアルコール飲料を拭《ふ》きながら、俺は山崎をなだめた。

わずかに目に理性の光を取り戻した山崎は、学校で何が起きたのか説明した。俺はその説明を要約した。

山崎は奈々子《ななこ》なる声優科の知り合いを催眠音声制作プロジェクトに誘った。すると人間性ごと拒絶された。

「そう言うことだな」

山崎は赤ら顔でうなずいた。

「お前、どうやってその奈々子って奴を誘ったんだ？」

「声優科の教室で友達と昼食を食べてる奈々子に近づきました」

「おお、凄《すご》い勇気じゃないか。俺にはそんな真似できないぞ。それで？」

「やっぱりビジネスで一番大事なのはお金ですからね。一番最初に言いましたよ。『三万円でどうだ？』って」

「…………」

「そしたら奈々子とその友達が何か汚らわしいものを見る目をこちらに向けてきやがっ

たんで、僕は急いでプロジェクトの中身を説明したんです。それなのに……！」

「拒絶されたってわけか。まあそれは誘い方が悪いよな。でもプロジェクトの資料を見せたらわかってくれるんじゃないのか？　俺たちが何をやろうとしているのかを」

「見せましたよ！　僕たちが書いた企画書を！　その上であいつは僕に蔑《さげす》みの目を向けて言ったんです。『楽な方に逃げて。格好悪い』って」

「………………」

確かに、奈々子とやらの言うことは百パーセント正しい。俺たちはゲーム作りから逃げて、目標を『成年向け催眠音声の制作』という楽そうなものに振り直した。

それは傍《はた》から見たら、さぞかし格好悪いものであろう。しかもそれは、自分たちの目から見ても格好悪く見える。

つまり奈々子の言葉は紛《まが》うことなき真実であり、それゆえに俺たちを傷つけた。

「は、はは。バカだな、その女。何もわかってない」

「そうですよね。何もわかってないですよね！」

「俺たちだってできるものなら永久にゲーム作りを続けていたかったさ！　だが時代は変わるんだ！」

「さすが佐藤さん！　わかっていますね！　そう！　僕たちは環境の変化で死ぬ恐竜なんかじゃない！　むしろいかなる変化にも迅速に対応する小回りの利いた先駆者であり改革者なんだ！」

「そうだっ、言ってやれ山崎！　明日《あした》、学校に行ったらその小賢《こざか》しい奈々子とかいう女に、俺たちの先進性を訴えてやれ！」

山崎はストゼロを一気飲みするとスマホを手に取った。

「善は急げです！　今言ってやりますよ！」

そして奈々子に通話したかと思うと、先ほど俺たちが生み出した理論的なバックボーンを本当にまくしたてた。

スマホのスピーカーから奈々子の声……さすが声優科だけあって、説得力のあるいい声が返ってくる。

「御託はいいから、そんなに私に参加してもらいたいなら、企画書なんかじゃなくて試作品を見せてみなさいよ」

「そっ、それはまだ……」

「じゃあ諦《あきら》めることね。試作品の一つも見せられないプロジェクトに、私の大切な時間を使ってる暇なんてないのよ」

山崎の肩ががっくりと落ちる。彼はスマホに指を伸ばして通話を打ち切ろうとした。

俺は咄嗟《とっさ》にその腕を摑《つか》んだ。

「こうなったら、作ろうぜ！　試作品！」

「さ、佐藤さん！」

スピーカーから奈々子の声が返ってきた。

「……佐藤さん？　ああ、山崎の先輩ね。名前はよく聞いてるわ。あんたが全部、山崎を悪い方に導いているのよね」

「な、何か勘違いしているようだが言っておくぞ。俺たちは、大きな夢を持ってるんだ」

「夢？　馬鹿らしいわね。そんなものじゃご飯は食えないわ」

「ああ……もちろん夢だけじゃダメだ。かといって夢を忘れるわけにもいかない。夢と現実……人が気持ちよく生きていくためには、そのバランスが必要なんだ。そのバランス調整の最適解として俺たちが出した答えが『成年向け催眠音声の制作』なんだ！」

「じゃあ聞くけど……エッチな音声のどこに夢があるっていうの？」

「せっ……世界を変える」

「はあ？」

「おっ、俺には夢がある。世界を変えるという夢が！」

先日、大麻を吸引して得た大いなるヴィジョンがふいに強く蘇《よみがえ》り、俺を打った。

そうそう。

昔、多くの若者がロック音楽などによって自己を表現した後であっさりと死んでいった。

「それはこれまでの世界に優しさが足りなかったせいなんだ！　自分らしく生きようとすればするほど外圧は高まる。冷たい北風のようなその外圧から身を守るためには、太陽のような温《ぬく》もりが必要なんだ！」

「…………」

「だが優しさを他人から得ようとしてもうまくいかない。なぜなら人は皆、自分のことで精一杯だからだ！　だから人は自分自身の中から、自分を慰める優しさや気持ちよさを生み出さなくてはならない。そのための具体的なソリューションが『成年向け催眠音声』なんだ！　それはエッチな催眠によって、心の中にある理想郷へと人々を導いていくんだ！」

「な、なんだかよくわからないけど……確かに何か、あるみたいね。お金のためだけじゃない、夢が……」

「佐藤さん！　そんな深いことを考えていたんですね！」

「おお。俺だってただ毎日ひきこもってるだけじゃないぜ。いろんなことを考えてるんだ」

「そういうことなら協力してあげてもいいわ。ただし試作品を見せてもらうのが先。締め切りは……そうね。明後日《あさって》でどう？」

「佐藤さん……」

山崎は期待に満ちた目で俺を見た。

俺は一瞬、『そんな短時間でできるか！』とこれまでの話をすべて否定しかけた。

だが……否定せず、肯定する……それが今日の目標だ。

俺は山崎を見つめ返すと深くうなずいた。

3

自室に戻り、成年向け催眠音声の試作品、その制作に取り掛かる。

とりあえず、山崎宅から没収してきた紙巻きタバコをゴミ箱に捨て、布団に横になってスマホのメモにテキストを打つ。

『SE：セミの鳴き声、風鈴の音』

舞台は古き良き日本のとある村である。

涼やかな風が吹く日本家屋の縁側で、浴衣《ゆかた》に身を包んだ妹が俺を見つめる。

『妹の声：お兄ちゃん。今日は夏祭りの夜だよ！』

「『妹』と『夏祭り』か。まあ悪くはないかもしれないな……」

否定しようとすれば、無限にこの設定を否定することもできる。だが締め切りは近いのだ。最近、暇な時によく妄想するこの設定を流用するしかない。

そういうわけで俺は自己疑念を抑え、シナリオの続きを書いた。

夏祭り感を出すためにもう少しSEを足してみる。

『SE：花火の音、祭囃子《まつりばやし》』

『夏祭り』なるイベントには、俺が捨ててしまった人生のキラメキが大量に眠っているように感じられた。もう手に入らないそれを想うと感傷的な気分になり、胸が痛んでくる。

しかしこの俺の……そして多くの視聴者の欠乏感を、この催眠音声は癒やしてくれるのである。

『妹の声：さあお兄ちゃん。今から私と一緒に祭りに出かけようよ！』

この妹のナビゲートによって、視聴者は自らの心の中に夏祭りのヴィジョンを作り上げる。

その内なる夏祭り、すなわちインナー・サマーフェスティバルが放つ、優しく懐かしい雰囲気によって、現実生活ではどうしても埋めることができない心の穴を、リスナーは埋めることができるのである。当然、夏祭りの最後には、鎮守の森の奥で妹との秘められた禁断の成年的な行為も行われる。

「て、天才か……よし、もっと詳しく書いていこう」

だが、ここでシナリオを書く俺の手が止まってしまった。

なんでかわからないが、これ以上、一行も書けそうにない。

これが産みの苦しみというやつなのか。

悩んでいると先輩から通話があった。

「佐藤君。元気？」

「特に元気ではないです。先輩は？」

一応そう聞き返してみたが、先輩の声は最初から暗かった。よって今日は、彼女の鬱《うっ》の日であることはすでに判明している。

「…………」

案の定しばらくすると、先輩は黙り込んでしまった。

城ヶ崎《じょうがさき》とかいう恋人との関係で悩んでいるのか、それとも仕事で何か嫌なことがあったか、あるいはその両方か。

なんにせよ先輩の強力な悲観的エネルギーが、スマホ越しに伝わってくる。ただでさえ俺も不安で一杯なのだ。これ以上、悲観的になったら生きていけない。

俺は雰囲気を変えるため、目下の自分の懸念を伝えた。

「実は今、山崎と成年向け催眠音声を作ってるんですけど、そのシナリオが全然書けなくて」

「はあ……まったく佐藤君は変わらないわね。羨《うらや》ましいわ、その生活」

「お、俺だって変わってますよ。明後日の夕方には外で人と会う約束もあるし、この作品だって、今回はちゃんと作り上げますからね」

「そんなこと言って、どうせもう進まなくなってるんでしょ？」

「な、なんでわかるんですか？　まあ確かにその通りですけど。何かいいヒントはないですかね」

「そうね……これでも私は文芸部の部長だからね。創作のヒントぐらい、いくらでも出してあげられるわよ」

そう言えば……すっかり忘れていたが、先輩、俺、山崎は高校で同じ文芸部に所属していた。

　あの高校の旧校舎の部室棟、その二号室で、俺たちは毎日、自堕落にトランプをして過ごしていた。

　文芸部らしい活動と言えば、年に一度の文化祭で売る小冊子、それに載せるテキストを書くことぐらいだった。

　俺は日記を、山崎はゲーム批評を、先輩は詩を書いた。こうして思い返してみると誰ひとり小説を書いていない。

　部室棟の四号室に入っていた『ライトノベル部』なる部は真面目に小説を書いていたようだが、俺たち文芸部は『小説を書かないことこそが文学だ』などという退廃的な思想に浸っていた。

　そんな自堕落な部の部長が、いかなる建設的なアイデアを出せるというのか。

　まったく信頼性が感じられないが、先輩は妙に自信満々な口調で言った。

「安心していいわよ。私がいい案を出してあげるから」

「なんでもいいんで教えてください」

「それじゃあ、まずは佐藤君が作ってる、その……成年向け催眠音声のシナリオ？　それを今、できているところまで私に話して聞かせて」

　そう改まって言われると、恥ずかしさが込み上げてくる。

「何よ、黙っちゃって。別にポルノも文学の一部なんだから恥ずかしがらなくてもいいわよ」

「そ、そう言われても……」

「いい？　佐藤君。作家ってのはね。自分の恥ずかしいところを世界に向かって曝《さら》け出す仕事なのよ！」

昭和っぽいクリエイター観を先輩は押し付けてきた。

だがそれは一面において真実にも感じられる。

仕方がない。

俺は先ほど考えた案を、勇気を出して先輩に語った。

「ええと……妹が夏祭りに誘ってくれるという設定で……」

「全然ダメね。古臭いのよ！」

「なっ……」

心にダメージを負いつつ俺は思い出した。そうだった……この女は文芸部でも、人の作品にダメ出しすることを得意としていた。

入部してすぐに、俺は初めて書いた自作小説をこの女に見せた。すると彼女はその作品のダメなところを、理論的に一つ一つ丁寧に指摘してきた。以来、俺は自分の才能の無さを恥じ、小説執筆から身を引いた。翌年入部してきた山崎も、先輩の批評によって心に傷を負い、同様のルートを辿《たど》った。

このままではまた先輩の無駄に鋭い批判によって、俺の創造性の芽が摘まれてしまう。結果、成年向け催眠音声制作プロジェクトは生まれる前に死んでしまう。

それだけは絶対に避けなければならない。

この世界には、俺のプロジェクトで救われる命があるんだ！

俺は作品を守るため先輩に立ち向かった。

「ぜ、ぜんぜん古くなんてないです。ノスタルジーを掻《か》き立てる田舎と妹の組み合わせは、リスナーの心を癒やす組み合わせです。いわば永遠のスタンダード……」

「へえ。そこまで自信があるなら私が聴いてあげる。喋《しゃべ》ってみたらいいわ。その催眠音声を」

「俺がですか？」

「自信があるならできるでしょ。できないなら古いってことね。古いから恥ずかしがってるのよ」

「お、お、お……お兄ちゃん、起きて！」

「お兄ちゃん？」

「リスナーのことです。つまり先輩のことです」

「なるほど。そういうつもりで聴いたらいいのね。いいわ、続けて……ううん、ちょっと待って」

通話の向こうから、錠剤を処方薬のシートから押し出す音が聞こえてきた。さらにそれを飲み下す音と、ベッドが軋《きし》む音が聞こえてきた。

どうやら先輩は気持ちが落ち着く薬を飲み、ベッドに横になって、暗い部屋で目を閉じたようだ。

「うん……準備できた。いつでも始めていいわよ」

「お、お、お……お兄ちゃん！　起きて、お兄ちゃん！」

「何？　私、横になってるけど目は覚めてるわよ」

「あの……返事はしなくていいです」

「あ、そうか、黙って聞いてたらいいのね」

「お兄ちゃん！　夏祭りが始まるよ！　ほら、行こうよ！」

妹はお兄ちゃんの手を引いて、夏祭りの会場へと引っ張っていく。

夏祭り会場の夜空には、花火が満天に光の花を咲かせている。

降り注ぐ光の下、妹はあの手この手でお兄ちゃんの気持ちをくつろがせ、お兄ちゃんをリラックスさせ、お兄ちゃんを気持ちよくさせようとする。

「さあお兄ちゃん、夜空の花火を想像しながら、深く胸に息を吸い込んで！」

だが……。

「なんだかぜんぜん催眠状態に入れないわよ。夏祭りのイメージも全然伝わってこない。リアリティが感じられないのよね」

「………」

「もう少しで気持ちよくなれそうな予感はあるんだけど、予感止まり。肝心なところでどうしても気持ちよくなれないわ」

批評にイライラした俺は、手を伸ばしてゴミ箱の中からシケモクを拾おうとした。運よくまだ吸っていない紙巻きタバコが、ゴミ箱の中からサルベージされた。

火をつけて濃い煙を深く肺に吸い込み、催眠を再開する。

「お兄ちゃん！」

「なあに？」

処方薬が効いてきたのか、先輩の声はとろんと間伸びしている。

「お兄ちゃん！　聞いて、お兄ちゃん！」

「なあに？　何か私に言いたいことがあるの？」

「……お兄ちゃんこそ、何か言いたいことはないの？」

「そうね……そういえば私、もう長いこと、佐藤君を見ていないわね。今はどんなアパートに住んでるの？　今はどんな生活をしているの？」

「それは……いつもと変わらない……ワンルームアパートで……」

そのとき俺の脳裏に、電撃のように一つのアイデアが降り注いだ。田舎、夏祭り、それは現代人にとっては想像しにくい朧《おぼろ》げなファンタジーである。

だからそれに加え、もっと現実的な強いイメージを使う必要がある。今のこの俺が、真にそこで安らぎと気持ちよさを感じる場所……そのイメージを使って、リスノーを催眠状態へと導く必要がある。

俺はリスナーにそのイメージを伝えた。

「来て、お兄ちゃん。祭りはもう終わったから、次はもっと落ち着くところに行こうよ」

「落ち着くところ？　どこなの、そこは？」

「狭くて暗い部屋。その布団の中」

俺は極めて強い、もう何千年もその中で眠り続けているように感じられる、俺を取り囲むこの部屋のイメージを、言葉を尽くして先輩に伝えた。

この部屋で何日も何日も、昼も夜も寝続けた記憶を、先輩に伝えた。

皆が働いている間も寝続けて、嫌なものを見ずに目を閉じて眠り続けるそのイメージを先輩に伝えた。その中で、もっといつまでも眠り続けるために。

外に出ることなく、外にある恐ろしいものに決して目を向けることなく、この繰り返される時間の中で、何度も繰り返し、疲れがいつか本当に回復するそのときまで、安らかに眠ることができるように。

4

一夜明けた。

「…………」

昨夜、とんでもなく愚かな何かを、先輩に向かって口走った気がする。だが吸ってはいけないタバコの作用か、霞《かすみ》がかかったように記憶は朧げだ。

俺はその靄《もや》に包まれて布団の中で眠り続けた。日が暮れるまで。

山崎は録音機材を手に入れるための日雇いバイトで、帰りが遅くなるという。俺は一人で軽い夕食を摂《と》ると、また布団に潜って目を閉じた。

だが……。

「すごくよかったわよ！」

深夜に先輩から通話がかかってきた。

「昨日の佐藤君の催眠音声！　あんなにぐっすり眠れたのは久しぶりよ！」

「俺……一体、何を喋ったんですか？　あまり覚えてなくて」

先輩は早口で、昨夜、俺が口走った内容を教えてくれた。

俺は絶句し、自らの恥ずべき行為を恥じて死を願った。何が『お兄ちゃん！』だ。恥を知れ。

「どうしたの佐藤君、黙っちゃって。まあいいわ、それよりもお願いがあるのよ。あの催眠音声、しっかり録音してデータで私に送ってくれない？」

「嫌ですよ！　あれは一期一会の、もう二度とこの世に生じることのない音声です」

「はあ……あのねえ佐藤君……私、本当に不眠で困ってるのよ」

「毎晩、俺と話してるうちに、勝手に寝落ちしてるじゃないですか」

「その後でいつも深夜に目覚めてるのよ！　そして明日《あした》の仕事や将来が不安になって、朝まで眠れなくなってるのよ！　ひきこもりの佐藤君にはわからないことかもしれないけど、社会人は大変なのよ！」

「……ぐっ」

「だけどね、今日は朝までスッキリ眠れたの。会社に行くのはもちろん嫌だったけど、それでもいつもより電車の中が楽だったわ」

「…………」

「だからお願い！　私の安眠のために、作って！　催眠音声！」

「そ、そんな……」

百歩譲って昨夜、なんらかの偶然が作用し、先輩の安眠を助ける催眠ができたのだとしよう。だとしてもあれを再現できる自信はない。

それに『妹に夏祭りに誘われる』というシナリオは、先輩に指摘された通り、今では手垢《てあか》のついた古臭いものに感じられてならない。

「やっぱりクリエイターとして、あんな古臭いシナリオは先輩に聴かせられないですよ。昨日は本当にお耳汚し、すみません。部長にあんなもの聴かせてしまって」

「ううん。謝るのは私の方よ。高校時代……ずっと佐藤君の書いてくるものを馬鹿にしてごめんなさいね」

「やっぱり馬鹿にしてたんですか！」

「もちろん自分では正当な批評のつもりだったけどね。きっと私、佐藤君の才能をスポイルしちゃってたと思う……」

「いや、俺に才能なんて」

「少なくとも私を眠らせる才能はあるわ！　だからお願い！　催眠音声、私のために作ってよ！」

当然、俺はこの申し出を拒否しようとした。拒否し否定すべき理由は無限に存在した。そもそも俺が作りたいのは、あくまで成年向けの催眠音声なのである。社会人に眠りを催させる音声などを作りたい訳ではない。

「…………」

だが先輩の懇願には、かつてない切実さが感じられた。

「……わかりました。やってみます」

「ありがとう！　頼んだわよ、佐藤君」

「どんなものができても知りませんからね」

「安心して。きっと次は批評しないわ。もう部長じゃないんだものね」

そう言われると、時間の流れを感じて少し寂しくなってしまう。

「いや、いいですよ。いくらでも批評してもらって」

「佐藤君、傷つくでしょ？」

「傷つかないよう気をつけます」

スマホの向こうで、先輩は小さく笑うと通話を切った。日付が変わる頃に山崎が帰ってきた。俺は機材を借りるため山崎の部屋に向かった。

＊

山崎はバイトで疲れ果てた顔をしていたが、どこからか調達してきたばかりの中古機材とノートパソコンを鞄《かばん》から出して貸してくれた。

「コンデンサマイクとオーディオ・インターフェイスです」

「コン……コンデンサ？」

「ダイナミックマイクより表現力豊かに録音できる機材です。これをオーディオ・インターフェイスを介してノートパソコンに繋《つな》ぎます」

「なるほど」よくわからない。

「このノートパソコンにはＤＡＷ……デジタルオーディオワークステーションという、音楽制作のためのアプリがインストールされています。起動してみますね」

Ableton Liveというロゴが画面に表示された。

「オーディオ・インターフェイスにおまけでついてきたエディションなんで、トラック数に制限がかかっています。ですが催眠音声を作るぐらいなら問題ありません」

「トラック？」

車と催眠音声にどんな関係があるのか聞こうとしたが、山崎は各種機材をテキパキと繋ぐと、アプリのインストラクションを始めた。

「まずこのヘッドホンをかけてください。そして、マイクに向かって何か喋《しゃべ》ってください」

「あーあー、マイクチェック」

「このボタンで録音。このボタンで再生です」

山崎がアプリのボタンを操作すると、俺の声が録音され、それがヘッドホンから再生された。

「はい、これで試作品の録音ぐらいはできるでしょう。僕も協力したいところですが、バイトで疲れてるんで、すみませんが今日はもう眠らせてもらいます」

山崎は俺に機材を押し付けると、精魂尽き果てたという様子でパイプベッドに倒れ込んだ。

俺は両手に機材を抱えて自室に戻ると、床のゴミをどけて折りたたみテーブルを広げ、その上に機材をセッティングした。

そして山崎に教えてもらった通りにアプリを操作し……録音を始めた。

「お、お兄ちゃん！」

瞬間、凄《すさ》まじい恥ずかしさが俺の背筋を駆け上がった。自分の声の残響がまだ響いているように感じられる深夜の自室で、俺はマウスをクリックし録音を止め、今しがた録音した音声を全消去し、アプリを閉じ、パソコンを窓から投げ捨てようとした。

「…………」

だがギリギリのところで踏みとどまる。奈々子に試作品を見せるために、先輩の安眠のために、俺はこの作業をやり遂げなくてはならない。山崎のパソコンも、壊せば怒れるので壊してはいけない。

「とはいえ……正気でできる作業じゃないぞ、これは。なんとかして理性を麻痺《まひ》させないと」

俺は冷蔵庫から高アルコールの缶チューハイを取り出し、飲み干そうとした。

だがギリギリのところで踏みとどまる。今ここでアルコールを入れてしまえば、朝までおやすみコースだ。

ゴミ箱の中から、まだ吸っていない特殊なタバコを発見したが、それに火を付けることもギリギリのところで踏みとどまる。

変性意識状態に至りながらの難しいコンピュータ操作など、できるわけがない。

だから……なんとしても俺は素面《しらふ》で、この作業をやり通さなければならない。

「こうなったら覚悟を決めて……やるか」

俺は折りたたみテーブルの端に高アルコールの缶チューハイと大麻のジョイントをどけると、空いたスペースで催眠音声の制作を始めた。

数時間後、意外なことにそれはいい感じに完成した。

深夜三時、書き出したファイルを先輩と山崎に送ると、俺は背伸びをしてため息をついた。

「ふう……それじゃ……久しぶりの創作活動の成功を祝って……乾杯！」

俺は高アルコールの缶チューハイのプルタブを開け、すっかり温《ぬる》くなったその糖類ゼロの液体を喉《のど》に流し込んだ。さらに大麻のジョイントに火をつけ、深々とその煙を肺に吸い込んだ。

さらにAbleton Liveをループ再生するようセットし、先ほど作り上げた催眠音声をヘッドホンから脳に流し込んだ。

布団に横たわって目を閉じる。

未知なる妹が俺の手を引き、インナー・サマーフェスティバルへと、そしてその奥にある無限ひきこもり空間へと俺を誘っていく。

＊

先輩からの通話で起こされた。

現在時刻を確認すると、一夜明け、午後三時……カーテンの隙間から午後の日差しがゴミの溢《あふ》れた俺の部屋に差し込んでいる。

昨夜の作業と、その後の一人パーティの疲れが重く脳に残っている。

多少腹が減っていたが、山崎が学校から帰ってくるまでには、まだまだ時間がある。

だからこんな時間に起きるつもりはない。

俺は先輩からの通話を無視してまた布団を被《かぶ》った。

だがスマホがしつこく震え続ける。

仕方ない。

「ふあー、なんすか、こんな時間に」

「今ちょっと仕事が暇になったから……お礼を言おうと思って」

オフィスの化粧室だろうか。いつもより残響が強くかかった空間から、先輩の声が聞こえてくる。

「お礼？　なんの？」

「催眠音声よ」

「も、もう聴いたんですか？」

「ええ、聴いたわ！」

恥ずかしさで一気に血の気が引いていく。そんな俺をよそに、先輩は早口でまくしたてた。

「実は今日も私、夜の三時に目が覚めちゃってね。また夜が明けるまで眠れないコースかと思ってソファで途方に暮れてたら、佐藤君から催眠音声が送られてきたのよ。さっそく再生してみたらすごく効いたわ！　おかげで朝までぐっすりよ。今度、お礼を持って佐藤君の家に遊びに行くから！」

そこで通話は切れた。

なんだか元気そうだ。躁鬱《そううつ》の躁へとフェイズが転じただけでなければいいのだが。

「まあいい……寝るか」

俺はまたスマホを枕元に置いて寝る体勢に入った。だがそのときスマホが震え、先輩からのメッセージが画面に表示された。

『今日の夕方、何か用事があったんじゃない？　遅刻しないよう気をつけてね』

「そ、そういえば……！」

すっかり忘れていた。今日の四時に、大樹公園のベンチで岬ちゃんと会わねばならないのだった。その試練を果たすことによって『なんでもチケット』が有効化されるのだ。

俺は急ぎパジャマを脱いで久しぶりによそ行きの服に着替えると、ゴミの山の中からくしゃくしゃになった『なんでもチケット』を探し出し、それをポケットに入れて立ち上がった。

「…………」

洗面所で身だしなみを整える。

だがここに来て強烈な不安が俺を襲い始めた。

『なんでもチケット』……それはあのよくわからない謎の女子高生、仲原岬に対して、なんでも好きな命令を下すことができるという夢のチケットである。

これまでその効力は俺の生活の乱れのため、有効化されることなく無駄にされてきた。

しかし今、先輩からの電話により目覚めた俺は、このチケットを有効化しようとしている。そして、仲原岬に何かとんでもない命令を下そうとしている。

「そ、そんなのよくないんじゃないか。チケットとか、そんなもので他人に言うことをきかせるだなんて……ダメだろ、そんなの。そもそもあいつはまだ高校生だろ。高校生相手にそんなことして本当にいいのか？」

俺は自らの倫理観を無視すると、勢いよくアパートのドアを開け、数ヶ月ぶりに陽の光の下に飛び出した。

＊

しかし……待ち合わせのベンチでいつまで待っても岬ちゃんは来なかった。

大樹公園の名の元ネタとなっているらしい巨木の根元、そこに並べられているベンチに座り、スマホも見ず、チケットの使い方について思いを馳《は》せながら彼女を待つ。

俺の前を鳩や犬やその飼い主などが通り過ぎていく。

だが仲原岬はついぞ姿を現さなかった。

やがて日が暮れた。

「…………」

やはり今回もこのチケットを有効化することは叶《かな》わなかったようだ。

「……はあ」

俺は多少の安心感と共にベンチから立ち上がると、自宅アパートを目指して夜道を歩いた。

学校から帰ってきた山崎と鍋《なべ》をつついていると、スマホに岬ちゃんからのメッセージがあった。

いつもの公園で待っているという。

俺は箸《はし》を置くと、大樹公園よりもアパートの近くにある普段使いの公園に小走りで向かった。

街灯の下のベンチに目を向けると、青白い明かりに照らされた人影があった。

岬ちゃんだ。

今夜は学校の制服ではなく、よく見る地味なTシャツを着ている。

「よ、よう」

俺は木製のテーブルを挟んで設置されている向かいのベンチに腰を下ろした。

岬ちゃんは俯《うつむ》いて黙っていた。

なんだか重苦しい雰囲気を発している。

「…………」

梅雨の季節ということで湿気が凄《すご》い。

　黙っていてもじっとりと汗ばむほど気温も高い。

　ふいに岬ちゃんは、うつむきながら口を開いた。

「ごめんね。今日……待ち合わせ場所に行けなくて」

「ま、まあ、気にするなよ。前回は俺が行けなかったんだし」

「でも約束は約束だからね。もしも今日、佐藤君が、あの大樹公園に行ったなら……試練達成のご褒美に、『なんでもチケット』、使ってもいいよ」

「いっ、いいのか？」

「しょうがないからね。約束だからね。甘んじてどんな命令でも受け入れるよ」

　そういうことならと、俺は前もって考えたなんでもチケットの使い道を、岬ちゃんに伝えようとした。

「でもその前に……ちょっと気になることがあるんだが」

「何？」岬ちゃんは顔を赤らめつつ俺を見つめた。

「岬ちゃん……学校、ちゃんと行ってるのか？」

「そっ、そんなこと佐藤君に関係ないでしょ！」

　岬ちゃんはベンチから立ち上がり、テーブルに手をついて大声を出した。

　どうやら行っていないらしい。

「ひきこもりの佐藤君に私の何がわかるっていうの！　いろいろあるんだよ、普通の人間にはね！　そもそも学校なんてね、本当にくだらないところなんだからね！」

ベンチから立ち上がって、目の端に涙を浮かべてわめいている。

俺はため息をつきつつテーブルの上にチケットを広げ、その効力を発動した。

「チケットを使って命令するぞ。学校に行ってくれ」

その命令が意外だったのか、岬ちゃんは目を丸くした。

「…………」

それからまたベンチに腰を下ろすと、ふいに上体をのけぞらせて夜空を仰いだ。俺も釣られて空を見上げた。

特に月や星が出ているわけではない六月の空が広がっている。岬ちゃんは呟《つぶや》いた。

「つまらないよ。毎日毎日」

「そうかもな」

「はあ……それじゃあ……今日のカウンセリング、始めるよ」

岬ちゃんはため息をつくと、鞄《かばん》から自己啓発書を取り出してページをめくり、俺の人生を改善するライフハックを読み上げ始めた。

すでに何度も聞いたことがあるように感じられるそのライフハックに、俺は目を閉じて耳を傾けた。

第三話　まだ見ぬ一次元に夢を求めて

1

夜、俺は山崎の部屋でノートパソコンを覗《のぞ》き込んでいた。

山崎はメガネをクイっと指で押し上げると、鋭い眼光を俺に向けた。

「いいですか、佐藤さん。そのボタンをクリックすれば、僕たちが作り上げた催眠音声の第一弾が全世界に向けてリリースされます」

「お、おお……」

もう夏も近く室内にはエアコンが効いているというのに、いつしか俺は汗ばんでいた。

「さあ、心の準備ができたらリリースしてください。僕たちの作品を！」

「…………」

俺と山崎のプロジェクト……二人で何かを作って一山当てようという計画……それはどうせ今回も失敗するだろうと俺は心のどこかで諦《あきら》めていた。

しかし今、信じ難いことに、俺たちがこの手で作り上げた『成年向け催眠音声』その第一弾がこの型落ちのMacbookの中で、字幕と映像のついた完成品としてアップロードを待つばかりとなっている。

しかもこの完成版では山崎の学校の友達、声優科に通う奈々子という女が声を吹き込んでくれていた。

奈々子……さすが声優科に通っているだけあり、説得力のあるいい声をしている。

先日、その音声ファイルを聴いてインスピレーションを受けた山崎は、ペンタブレットで絵を描き始めた。

『僕たちを深い催眠へと導く妹というコンセプト！　いいです、とてもいいですよ！』

すでに気持ちがクールダウンしている俺を尻目《しりめ》に、山崎は即興で『妹』をデザインした。その絵に俺は目を見張った。

これまでの山崎のキャラデザインは、属性を盛っていく傾向があった。

おそらく自分の絵に自信がないのであろう。それゆえにキャラに『ロボット』だの『幽霊』だのとゴテゴテと属性を盛り、それを表す小道具を絵に足していく。それは足し算によるキャラデザインである。

だが独自性を出そうとして属性を足せば足すほど、山崎の絵はこれまで星の数ほど作られてきた既存の二次元キャラの模倣的なバリエーションに見えてくる。

『だっ、だめだ！　こんなものはＡＩでも描けます！』

いつもそううめいては、キャラが完成する前に山崎は自作の絵をデリートした。

『まああまり完璧《かんぺき》主義に陥るなよ。そもそもお前はイラストが本業じゃないんだから』

『じゃあ僕の何が本業だと言うんですか？』

『やっぱり酪農家か？』

『笑えませんよ！』

山崎の実家は牧場を経営しており、彼の父の健康状態は悪い。それゆえに山崎はもうすぐ実家に帰り、牧場のあとを継ぐ運命にある。

東京に来て何者にもなれぬまま、ど田舎の実家に戻るのはさぞや虚《むな》しいことであろう。

だが今回、山崎はいつもとは違う傾向のキャラデザインを見せた。それは盛るのではなく減らす、足すのではなく引くという方向性である。

ペンタブによってクリスタ上に描かれた『妹』は、Tシャツに短パンという日常的な服を着ており、奇抜なところの何もない黒髪のショートカットをしていた。瞳《ひとみ》の色が赤いなどということもない。

だがその妹には、山崎がこれまで描いてきたどのキャラにも感じなかった実在感……魂が感じられた。

『おい、お前、このキャラ良くないか……』

『わ、わかりますか佐藤さん。僕は……ＡＩを超えましたよ！　初めてイラストで何かを掴《つか》みました！』

その『何か』が本当に実在しているのか、それは誰にもわからない。だが少なくとも山崎は、何かを摑んだ実感を得たらしい。いいことである。

そんなこんなで俺が試作品を作った催眠音声には、声優の声とキャラ絵と字幕が付き、立派な映像作品として完成した。

さきほどそのエンコードが終わり、俺たちのYouTubeチャンネルにアップされる準備も今すべて整っている。

「さあ佐藤さん、このボタンを！　クリックしてください！」

「よし……」

俺は呼吸を整えると、中古MacBookのトラックパッドをタップした。

「ど、どうだ！」

「成功です！　ファイルは順調にアップロードされていますよ！」

「うおおお！」

俺は拳《こぶし》を突き上げてひとしきり喜んでから、立ち上がって山崎に背を向けた。

「じゃあこの件はこれで終わりということで」

「な、何言ってるんですか佐藤さん」

「お前こそ何を言ってるんだ。これでプロジェクトの全作業は終わりだろう」

「まだ始まってもいませんよ！　見てください、チャンネル登録者数だって何も増えてないじゃないですか」

「まだ一桁《けた》か……チャンネル登録者が千人を超えなきゃ収益化できないんだから、結局、こんな動画をいくらアップしても無意味だろ」

「そんなことはありませんよ！　すでに僕たちには三人のチャンネル登録者がいるんですよ！　今もこうして内容のあるビデオを公開できたじゃないですか！」

そんなことを言われても、まったく心に響かない。

「あのなあ……たった一本のビデオを作るだけで、とんでもない苦労をしたんだぞ。お前だって不眠不休でバイトして」

「その苦労はいつか報われますよ！　見てください、これを」

山崎はベッドの下からごつい器具……VRゴーグルってやつか……を取り出してやおら頭にかぶった。瞬間、レトロな美少女ゲームのパッケージが壁を埋め尽くす山崎部屋に、先進のSF感が付与された。

「現在、VR市場ではゲームだけではなく、フィットネスやマインドフルネスといった意識高い系のコンテンツが幅を利かせています」

頭にごついVRゴーグルを付けた山崎は、器用に手元のMacBookを操作してブラウザを起動すると、そこにVRゴーグル内の画面をミラーリングした。

そこにはアプリランチャーらしきものが表示されており、英語タイトルの今風なアプリがいくつもタイル状に並んでいた。

「実は僕、最近メンタルヘルスの調子が悪いんです。佐藤さんほどじゃないですがね。

ははは……それで助けを求めてこのＶＲ瞑想《めいそう》アプリをやってみました」

「はっ。お前が瞑想だと。笑わせるぜ」

「それだけ流行《はや》っているということです。そして流行こそが僕らの乗るべきウェーブなんですよ。わかりますか？」

「わからん」

「つまりですね、海外で瞑想やマインドフルネスアプリが流行りつつある……この流行は僕らの国にもいずれ波及します。そのとき僕らがしかるべきポジションをとっていれば、労せずして業界のトップに立てるということなんですよ！」

「言っとくけどな。マインドフルネスなんてものは、俺たちから最も遠いものだぞ」

「わかっています。僕らが作るべきコンテンツはあくまで成年向けです。自分たちの『強み』を忘れるつもりはありませんよ！」

　いつからそんなものが俺たちの『強み』になったのかはわからない。だが、まだ若いというのに、壁にずらりと十年前どころか前世紀の成年向けゲームパッケージを並べている山崎の発言には、それなりの重みがあった。

「わかった、山崎君。成年向け、というのが大事なんだな」

「そうです！　成年向けであれば多少クオリティが低くても許されるんですよ！」

「なるほど！」

「ですが真面目に作られた瞑想アプリからも学ぶところは多々あります。この瞑想アプりでは、VR空間上で瞑想しながら、コンパニオン・キャラクターを自分好みに育てていきます。このデザインは大いに参考にすべきです」

「つまり……催眠コンパニオンである妹のグラフィックを、自由にカスタマイズできる……そんなアプリをいずれ開発すべきである、と？」

山崎はVRゴーグルをガクガクと上下に震わせた。

「さすがです佐藤さん！　わかってるじゃないですか！」

「ああ、わかってるぜ。自分好みの美少女にカスタマイズした妹に催眠をかけてもらったら、没入感と興奮がより高まるって寸法だな」

「エクセレント！　そういうことですよ佐藤さん！」

「だがちょっと待て。俺たちは世界市場を狙ってるんだろ。だったら『妹』を『美少女』に固定化するのはまずいかもしれないな。多様性が大事だからな」

「確かに！　それはもちろんそのとおりです。美少女だけがこの世で何より大事なものだという僕らの古い価値観も、そろそろアップデートしていかなければなりませんね！」

「おう！　俺たちは目覚めてるからな！」

「僕らの妹は肌の色から年齢まで自由自在にエディットできるようにしましょう！　性別も二百五十六種類を用意します！」

「それなら誰もが理想のコンパニオンを作れるってわけだな！　しかもその理想の催眠コンパニオンが、めくるめく性のVRイニシエーションをしてくれるってわけだな！

うおお、やばすぎるぜ！」

　そのとき俺の脳裏に、偉大なる未来のヴィジョンが花開いた。全世界の老若男女がVRゴーグルをかけ、部屋にひきこもりながら理想のコンパニオンと共に究極の涅槃《わはん》を生きる姿を。

「こっ、これはSDGsですよ！　地球に優しい！」

「ほんとだな！　VRゴーグルの電気代だけなら大して地球の負担にならないだろうし、こんなことしてたらすぐに人類は死滅するだろうからエコだな！」

「な……何を言ってるんですか佐藤さん。人類を死滅させたらダメでしょう。僕らが人類を導くんですよ、正しい方向へ！」

「そ、そうだな。して、正しい方向とは？」

「それは……わかりません」

　山崎はVRゴーグルを外した。

「なにをどうしたらいいのか……まるでわからないんです」

「…………」

「なのに佐藤さんったら何も考えず、毎日ひきこもって寝てばかりで……せっかく僕らが最初の一歩を踏み出したっていうのに、『これで終わり』だなんて……」

「は、ははは……それはもちろん冗談だぜ山崎君。俺だってちゃんと考えてる」

「本当ですか！」

「まかせろ」

俺は重々しくうなずいた。

「そう……俺たちの成年向け催眠音声……その向かうべきヴィジョン……それが俺にははっきりと見えているんだ」

「それならさっそく開発を進めましょう！」

「いいや。もっとだ。もっと考えなきゃいけない。部屋にこもって内側に潜らなければならない。なぜなら……俺たちはVRやARのように現実を拡張するというよりも、むしろその逆の方向を目指すべきだからだ」

「逆、と言いますと？」

「俺たちは何次元に生きている？　ここは何次元だ？　わかるか山崎君」

俺は山崎部屋の壁を叩《たた》いた。

「ここは……三次元空間、ということですか？」

「ああ、その通りだ。俺たちは三次元に生きている。じゃあお前が好きなそのゲームは何次元上に表現されてる？」

俺は棚に飾られている大量のゲームパッケージ群を指差した。山崎は答えた。

「二次元ですね」

「そう。つまり……俺たちの興味や性的嗜好《しこう》は、三次元から二次元に向かってきた。だが二次元なんてものはもはやレトロなんだよ！　見ろ、そのパッケージの日に焼けたセピア色のありさまを！　そんなゲームはもう古いんだよ！　二次元、そんなものはもう、ありふれた日常なんだよ！」

「だったら僕らは何をすれば……」

「もっと深く先を考えてみろ。三次元から二次元……その次にあるものを想像してみろ」

「ま、まさか……一次元？」

「ああ、それだ。三次元から二次元、その次は一次元だ。もうすぐ一次元ブームが来る！」

「さ、佐藤さん！　まるで意味がわかりませんよ！　なんなんですか、一次元って！」

「一次元の探求の方法は俺が知っている。俺に任せろ」

俺は戸惑う山崎を尻目《しりめ》に自室に戻ると、布団をかぶって寝た。

2

深夜に目が覚めた。

自室の汚さが俺の気分を澱《よど》ませた。

曲がりなりにも山崎の部屋には、部屋の主の『これが好き』という想いがあふれている。

だがコンビニ弁当の容器やエナジードリンクの缶がそこかしこに転がっている俺の部屋は、ただ殺伐として汚いものがあふれているだけだ。

掃除する気は出てこない。

なぜなら掃除という三次元的活動の果てに待っているのは就職や恋愛などという、目を向けたくない嫌な事項だからである。そんなものを頑張ってみたところで、待っているのは敗北と苦痛と死のみである。

だから俺は三次元には背を向けたい。

しかし背を向けたところで、状況は悪化する一方である。

実家に爆弾を抱えている山崎は、いつ隣室を引き払って北国に帰省するかわからない。

俺ももうすぐ実家からの仕送りが止まる。

だというのに外で働ける気はまったくない。

というわけで俺は布団に転がったまま、二次元を想像した。そこに逃避するために。

「…………」

だが今や二次元は日常の一部であった。

すでに社会全体が二次元に塗《まみ》れている昨今、二次元はもはや逃避場所というよりも、ただの現実の一側面に過ぎなくなっている。

だから俺は二次元よりも、もっと深く遠くまで現実逃避しなければならない。

一次元を目指さなくてはならない。

そのためにはＶＲゴーグルのような現実拡張ではなく、現実縮小のためのツールが必要となる。

「確かここらへんに……」

俺はゴミダメの中を探り、アイマスクと耳栓を探した。

見つかった。

さっそく俺は埃《ほこり》にまみれたアイマスクと耳栓をつけ、視覚と聴覚を遮断し、布団に横になって、できる限り重力を分散するよう全身の力を抜いていった。

しかし、いきなり一次元を想像することはできない。

まずは慣れ親しんだ二次元を空想してみよう。

俺は『妹』のイメージを脳内に上映した。

日本家屋の縁側でスイカを食べていた妹は、俺に気づくとこちらを見た。

「あっ、お兄ちゃん。お久しぶり」

「おう。元気だったか」

「今日はどうしたの？」

「いや、実はな……」

俺は空想の二次元妹を相手に問答を始めた。

「一次元、というものを探求したいんだ。理由は……」

「言わなくてもわかってるよ」

「さすがだな。話が早い」

「でもお兄ちゃんには無理かもしれない」

「なんでだ？」

「一次元は二次元よりも、もっととりとめのないものだから」

「そこをなんとか」

「一次元を理解するには訓練が必要だよ」

「訓練？　たとえば？」

「たとえばまず私みたいな二次元イメージを想像すること。私を想像することによって、抽象的なイメージに意識を向ける能力が身に付くよ」

「なるほど。二次元を一次元への架け橋のように使うってことだな」

「うん。次の方法は……これはちょっとおすすめできないよ」

「なんだ、教えてみろ」

空想の妹は口籠《くちごも》った。どうやら俺のメンタルヘルスの悪化を懸念しているらしい。だが空想の妹などは、しょせん俺の空想の産物なのでどうとでもなる。俺は強引に想像を捻《ね》じ曲げ、妹の口を割らせようとした。

そのとき枕元のスマホが震えた。目を開けてチェックする。岬ちゃんからのメッセージだ。

『何してるの、佐藤君？』

『一次元を探求してた』

『もう。カウンセリングの時間、過ぎてるよ』

『悪い。すぐ行く』

完全に忘れていた。

俺は耳栓とアイマスクを取ると近所の公園に走った。

＊

夜の公園のベンチに、カジュアルな私服姿の岬ちゃんがいた。街灯に照らされ、ふくれっつらを見せている。

「遅いよ佐藤君。今日はせっかく『Mコイン』をあげようと思ってたのに。罰として一枚減らすね」

岬ちゃんはポケットから三枚のコインを取り出してベンチに重ねて置くと、一番上のコインをポケットに戻した。

「はい、一枚減っちゃった。でも初回ボーナスとしていきなり二枚、あげるよ、Mコイン」

「さ、サンキュー……Mコイン？」

「仮想通貨だよ。Mって書いてあるでしょ？　それがこの通貨の名前」

手にとって眺めると、ゲームセンターで使われているコインの片面に、油性のペンでMと書き込まれている。

「三十枚で、『なんでもチケット』一枚と同じくらいの力を持つよ」

つまりこれは、『なんでもチケット』と同様の、岬ちゃんが考え岬ちゃんが発行した、彼女に対してのみ効力を持つ金券のごときものなのだろう。

「わかった。ありがたく受け取っておく」

俺はMコインをポケットにしまった。

「ところで、この前使った『なんでもチケット』の効力はどうなったんだ？　俺、命令したよな、『学校に行け』って」

岬ちゃんはうつむいた。

「そんな話、古いよ。一ヶ月も経てば、チケットの効果は切れるに決まってるでしょ」

「じゃあ……学校に行ってないのか？　最近」

「悪い？　まあMコインには、なんでもチケットの三十分の一の力があるからね。佐藤君がその気なら、Mコイン一枚で私に一日、登校を命じることもできるよ。佐藤君がそう望むならね」

岬ちゃんはちらっと顔を上げてこちらを見た。

「わ、わかったよ。このコインを使って、また命令するぞ。登校しろ」

俺はさきほどもらったMコイン二枚をテーブルの上に押し出した。

岬ちゃんの顔は一瞬ぱっと明るくなった。

「まったく、仕方がないなあ。でもMコイン保持者の命令なら仕方ないね。コイン二枚分、明日《あした》と明後日《あさって》は必ず登校するよ」

だがまたすぐに彼女の表情は曇った。

「でもね……登校を続けるのは本当に難しいことなんだし、そう簡単に、このコインも手に入るものじゃないんだよ」

「もしかして、コインを得るには、また何かのミッションをこなさなきゃいけないのか？」

「そうだよ。『一日に五分、朝日を浴びて外を歩く』それが次のミッション。ミッションの証明写真も送ってね」

「つまり……朝五分ウォーキングして、そのときの写真をスマホで岬ちゃんに送ればいいんだな？」

「写真は学校で見たいから午前中に送ってね。写真だけだとつまらないから、何かメッセージも付けてね」

「そんなことぐらいなら」

「ふふーん。できるかなあ、佐藤君に」

心配だなあと呟《つぶや》きながら、岬ちゃんは自己啓発書を鞄《かばん》から取り出した。

それから、朝五分のウォーキングを続けることが、どれほど体に良くて、どれほど人の心を健全に成長させるかを俺に説いた。

俺は二日連続で朝ウォーキングに成功した。

だが三日目に俺が目覚めると、すでに街は夕焼けに赤く染まっていた。寝過ごしてしまった。

＊

夜、カウンセリングで岬ちゃんは、ふくれっつらを見せながらも『明日こそは早起きするんだよ。絶対』と俺を励ました。

だがその翌日も俺は寝過ごした。

夜に岬ちゃんはジャージ姿で公園に現れた。

髪に寝癖がついていて、なんだか雰囲気がだらしない。

もしかしたら彼女も昼間、外に出ず家でゴロゴロしていたのかもしれない。

ベンチに腰を下ろした岬ちゃんは、寝過ぎた者特有の澱《よど》んだ目を俺に向けた。

「脳にはね。朝日がいいんだよ」

「そうか……浴びるべきだな」

「運動の習慣もね、大事なことだよ。最初はほんの五分でいいんだって」

「なるほどな……」

そう相槌《あいづち》を打ちつつも俺はわかっていた。明日も明後日も、俺は朝日を浴びることができず、たった五分のウォーキングすらできないであろうことを。

「はあ……やばいな。ダメなサイクルに入ってる」

思わずため息をついた俺の正面で、岬ちゃんは膝《ひざ》を抱えてうつむいた。その姿はいつもより小さく見える。

社会に対する俺の不安が、彼女に伝染してしまったのかもしれない。

「ま、まあ、明日からは本気出すからな」

「頑張ってね、佐藤君……」

しかし不安が俺から岬ちゃんへ、岬ちゃんから俺へとハウリング的に伝達され増幅されているのを感じる。

もう通い慣れているこの公園も、今夜はどことなく雰囲気が不穏だ。

どこか遠くで犬が鳴いていて、ふいに吹く突風が公園の木々を揺さぶる。

「…………」

そんな中、なんとか雰囲気を盛り上げようとして口を開くものの、気の利いた言葉は何も出てこない。

気まずさに耐えかねた俺は、ついにベンチから立ち上がった。

「そ、そろそろ帰るか。もうかなり遅いしな」

「そうだね」

二人で公園の出口に向かう。

「とにかく……頑張ってよ、佐藤君」

それだけ言うと、岬ちゃんは走り去っていった。その背中に向かって俺は叫んだ。

「おお。まかせとけ！」

しかし予想通り、翌日も、翌々日も、俺は夕方まで寝過ごしてしまうのだった。

結果、俺はMコインを集めることができず、岬ちゃんに学校に行けと命ずることができず、岬ちゃんは不登校生に逆戻りした。

「…………」

それでもいいのかもしれない。

学校に通ったところで、なんになるというのだろう。

朝にウォーキングして心と体の状態を整えたところで、それがなんになるのか。

そんなことより人間には、もっと大事なことがあるように思えた。

大事なこと、それは二次元よりも遠い場所、一次元の中にあるように思えた。

「よし、こうなったらまた一次元の探求でもするか」

今晩も俺はアイマスクと耳栓を装着して、一次元への旅を始めようとした。

しかし一次元は遠い未知の領域である。まずは慣れ親しんだ二次元に向かおう。

俺は心の中に二次元妹を想起した。

「よう」

「こんばんは。お兄ちゃん」

「そう言えばお前さ。この前、一次元に行くための方法を俺に教えようとしてくれてたな」

「そうだったっけ……」

「ああ。まず一つ目の方法は、こうやって二次元イメージを想像すること。だがいくらお前と空想の中で会話しても、一向に一次元にたどり着ける気配はない。だから次の方法を教えてくれ」

「それはだめだよ」

妹は拒んだ。しかししょせん妹は俺の空想の産物なので、俺の意に従わざるを得ない。

「いいから教えてくれ」

「うーん。そうまで言うなら仕方ないね。一次元を垣間《かいま》見るための簡単な方法、教えてあげる。それはね。薬物の力を借りることだよ。おとなりさんの友達のラッパーが育てている植物には、人の抽象認知力を一時的に高める力があるよ。あれを吸うことは、お兄ちゃんが求めているものを見出《みいだ》す役に立つよ」

俺はさっそくアイマスクと耳栓を外すと山崎部屋に赴き、大麻を持ってないか聞いた。

「え、ええ……今日もラッパーの友達がくれましたが……佐藤さん、大丈夫ですか？」

「何がだ？」

「顔色が悪いですよ」

「産みの苦しみってやつだな。俺たちのプロジェクトが目指すべき方向性……ヴィジョン……そういったものを見つけるために意識を研ぎ澄ませているんだ」

「言い忘れてましたけど、成年向け催眠音声、第二弾の試作品の締め切り、今週中ですからね」

「はあ？　聞いてないぞ」

「奈々子に命令されたんです。あの女、まったく何様のつもりですかね」

「ほんとだぜ。俺たちが手がけている成年向け催眠音声は、普通のプロジェクトじゃないんだ。言ってみればiPhoneにも匹敵する、世界を変えるゲームチェンジャーなんだ」

「ですよね！　つけあがってるあの女を、僕たちのプロダクトが持つ真の先進性で、ギャフンと言わせてやりましょう！」

「おお！　そういうことで、明日からはもっとラッパーから大麻をもらってきてくれ。意識をイノベーティブな地平に向けるためにはどうしても必要なんだ」

「わかりました！　とりあえずこれを」

山崎は紙に巻かれた大麻を二本、俺に渡した。

俺は自室に戻ると、さっそく大麻に火をつけて煙を大事に吸い込み、さらに耳栓とアイマスクという現実縮小ツールによって五感の二つを塞《ふさ》いでから、布団に横になった。

「どう、お兄ちゃん？」

「確かに大麻がもたらす変性意識によって、より深く三次元から逃避できた感があるな。だがまだしょせん二次元レベルだ。俺が求めている一次元には程遠い」

「それじゃ、これから少しずつ一次元に近づいていこう。そのためにまず、二次元女性の私をよく見て」

俺は妹を注視した。

「その状態で、さらに私の本質を抽象してみて」

俺は妹を注視しながら、彼女の本質を理解しようと試みた。

まず一番最初に思い浮かんだ妹の本質は、『美少女』という漢字であった。

「ふーん。まあまあいいんじゃない。漢字とは二次元的図形をさらに抽象化したシンボルだから、より一次元に近づいていると言えるわ」

そう褒められて気を良くした俺は、さらに『美少女』という漢字に意識を集中した。

すると『美少女』という漢字の奥に、ときめきや、興奮や、美しさといった、より抽象的なふわっとした性質を感じ取った。

「それよ、それ！　それこそが一次元の中にある永遠の抽象的性質なのよ」

「なるほど。ついに俺は求めるものの一端に触れたってわけだな。だが……どうやってこれを成年向け催眠音声という具体的なコンテンツに結晶化させればいいんだ？　人を二次元美少女に興奮させるのは簡単なことだ。だが人を一次元的な抽象概念に興奮させるのは並大抵のことじゃないぞ」

「『まず隗《かい》より始めよ』という諺《ことわざ》もあるわ。人を抽象概念に興奮させるには、まず自分からよ」

「つまりまず俺が率先して、この抽象的な感覚に興奮すべき、と？」

「そうよ。お兄ちゃんが作るのは成年向け催眠音声なんだから、あくまでもその使用目的に沿って一次元に向き合う必要があるわ」

「つまり一次元をイメージしながら自慰的な行為をしろと？」

「そういうことになるわね」

「よし、そういうことなら一つやってみるか」

俺はアイマスクを外して二本目の大麻に火をつけ、その有効成分、テトラヒドロカンナビノールをより多く脳に流入させると、またアイマスクを付けて感覚遮断しながら二次元と一次元に向き合った。

まずは二次元にさまざまな性的なイメージを呼び起こし、それによって性的興奮を生じさせる。ここまでは通常の自慰の手順となんら変わることはない。

だがここから、俺の先進的な一次元的オナニーが幕を開ける。それはまず心の中で、二次元を一次元に抽象化することから始まる。

二次元女性とは、三次元の女性が抽象化された姿である。同様に一次元女性とは二次元の女性が抽象化された姿である。

それはもはや手に触れることもできず、絵によっても文字によっても表すことのできない、限りなく透明な主観的感覚によって感知される存在である。

その姿無き一次元的実体は、気を抜けばすぐ俺の意識からすり抜けていくが、大麻の効果によってビンビンに高まった俺の集中力が、一次元の奥にある永遠のイデア的な何かへと、闇を貫くレーザー光線のごとく差し向けられた。

「よし、今よ！　その状態で自慰行為をするのよ、お兄ちゃん！」

「わかった、こうだな！　これでいいんだな！」

「そうよ、その調子よ！　今、お兄ちゃんは一次元的自慰行為を成功させているわ！

それが人類の新たなステージの自慰行為なのよ。人は昔、三次元で自慰行為していた。そんなものは古いのよ。だから人は二次元で自慰行為を始めた。ひきこもり問題にも詳しい精神科医の斎藤環《さいとうたまき》先生は、『オタクとは二次元キャラでオナニーする能力を持つ者である』と定義したわ。その能力を持つニュータイプは、今や地球全体に増えたわ。今や人類の五割は二次元に欲情するようになったわ。でもそれももう古いのよ！　人類はもっと先に進んでいかなきゃならないのよ。進化したオナニーをしなきゃいけないのよ！　進化した未来のオナニー、それこそがお兄ちゃんのやっている一次元オナニーなのよ！　これこそが幼年期の終わりであって青年期の始まりなのよ！　お兄ちゃんは今、微生物から変な魚を経て人類から超人類へと続く進化の先頭を突っ走っているのよ。一次元オナニー、これこそがお兄ちゃんの使命なのよ！　これをみんなに広めることこそが、お兄ちゃんがこの世に生まれてきた理由なのよ」

　だがそのときだった。

脳内の二次元キャラに励まされながら、一次元を性的興奮の対象として行う自慰が今まさにクライマックスを迎えつつあるそのとき……耳栓によって30デシベルは減衰してはいたが、確かに聞こえた。

アパートの前の駐車場に何者かが車を停めた音と、その後に俺の部屋の玄関ドアがガチャリと開く音が。

さらにそのあと何者かがハイヒールを玄関で脱いで、俺の部屋に足を踏み入れてきた音が。

さらにその何者かが俺の名を呼ぶ声が、耳栓を貫いて聞こえてきた。

「佐藤くーん。お礼しに来たわよー。早く車に乗って出かけましょう……きゃっ！」

「うおっ！　せっ、先輩！」

俺は布団にうつ伏せになり、全裸の体の前面を隠した。

3

夜道を軽自動車で走りながら、先輩は長く艶《つや》やかな黒髪を耳にかけると助手席の俺に謝った。

「本当にごめんなさいね。サプライズなんてしないで、普通に連絡したらよかったわね」

会社帰りなのか、先輩は事務員の制服に身を包んでいる。チェックのベストとスカートが、レトロなコスプレのように似合っている。

そんな彼女の前で俺はなんていうことを……。

「べ、別に見られて困ることをしてたわけじゃないんですよ！　ちょっと裸になってエアコンの冷風を浴びてただけなんで！」

「……………」

その話題に触れるのを避けるかのように、先輩はカーオーディオを操作してラジオをかけた。

「……………」

おしゃれなFMラジオの音楽と共に、軽自動車は住宅街から駅前へと近づいていく。

先輩の体の上を、窓から差し込む繁華街のきらめきがよぎっていく。

しばらくの沈黙のあと、先輩は口を開いた。

「この前、佐藤君が送ってくれた催眠音声……今日はそのお礼がしたくてね」

「お、俺は別に見られて困ることをしてたわけじゃ」

「その話はもういいから！　とにかくね。お礼。お礼をしに来たのよ。それでまずは車で移動」

「お、俺、服はこんなよれよれですけど、これは今日たまたま着れる服を全部洗濯してただけで」

「別にいいから！　まずはちょっと寄りたいところがあってね。そこに行きましょ」

十数分後、先輩は駅前にある複合商業施設の駐車場に車を停めた。

「どうしたの？　降りましょ」

「え、ええと」

久しぶりに車に乗ったため、どうやって内側からドアを開けたらいいかわからない。

まごついていると、先輩が外からドアを開けてくれた。

「あっちよ」

先輩に手を引かれて駐車場の外に出ると、そこは巨大な家電量販店の地下一階だった。

先輩は買い物客が行き交うフロアを横切ると、上りのエスカレーターに乗った。俺もあとを追う。

「そうだ。お腹空《す》いてない？　上の階にレストラン街があるみたいよ」

「いや、さっき山崎と食べたばかりなんで」

「じゃあご飯はいいか」

先輩は一階でエスカレーターを降りると、カメラコーナーに向かった。

そこで彼女は、三脚やらリングライトやらを手に取っては首をかしげ、また棚に戻すという行為を繰り返した。

家電量販店の人混みに具合が悪くなりながら、ふと俺は昔のことを思い出した。

『行くわよ佐藤君』

『えっ。この人混みの中にですか？』

まだ山崎が入部していないころ……あの高校の文芸部にいたのは俺と先輩の二人だけだった。

先輩、すなわち文芸部部長は、部の運営ノウハウを何一つ持っていなかった。次の学園祭ではなんとしても同人誌を出したいと先輩は望んでいたが、その作り方も不知だった。

そこで先輩は、隣町で開催される文芸同人誌即売会に視察に行くことにした。そのお供として、俺も休日に駆り出されたのである。

当時から俺は人混みが苦手で、はっきりいって文芸同人誌にも興味は無かった。

俺が興味があるのは先輩だった。先輩に興味を持ったから文芸部に入部したのだ。

その先輩が人混みを縫い、文芸同人誌が並べられた長机と長机の合間に消えていくのを俺は目で追っていた。

「…………」

あの日のことを思い出していると、ふいに斜め後ろから声をかけられた。

「ちょっと佐藤君、何ぼーっとしてるの？　リングライト、これとこれ、どっちがいいと思う？　右は大きくて左はコンパクトなんだけど」

振り返ると大人になった先輩が、両手にカメラ用照明器具を持って立っていた。

「そもそも何に使うつもりなんですか？」

「決まってるでしょ、撮影よ。パスポートも取って、申請もしたし、あとは機材を買うだけなのよ」

海外旅行にでも行くらしい。

海外旅行……そこから導き出される推論、そこから生じる胸の痛みを押し殺しつつ俺は答えた。

「コンパクトな方がいいんじゃないですかね」

「なるほど、取り回し重視ね。カメラはどう思う？」

「スマホでいいのでは」

「ダメよ。画質はこだわりたいところなの」

「それなら試し撮りしてみますよ」

俺は近くの棚からプロフェッショナルな雰囲気の一眼デジタルカメラを手に取ると、先輩を撮影した。

一緒にディスプレイを覗《のぞ》き込む。

「ん。さすがいいカメラだけあってなかなか綺麗《きれい》ね。これ買おうかしら」

「まあ待ってください。他のも試してみましょう」

俺は次々とカメラを持ち替え先輩を撮影した。最終的に先輩は、YouTuber に人気のデジタルカメラを選んだ。

生々しさと美しさを両立した映像を撮影できる点が、選択の決め手となったようだ。

重さも３００グラム以下で、ヨーロッパや南の島などを婚約者と共に練り歩く新婚旅行の最中にも、きっと役立つことだろう。

「……それじゃ行きますか」

三脚、カメラ、リングライトを買い込んだ先輩に俺は声をかけた。

「そうね……」

俺は先輩を駐車場まで送り届けた。

そして車のドアを開けた彼女に手を振った。

もっと長く一緒にいたかった。

だが、一緒にいても辛《つら》くなるだけだ。

いつか話に聞いたことがある婚約者……彼と出かける海外旅行、楽しげにその準備をする先輩……彼女は今、幸せなんだ。

「俺は歩いて帰りますよ。たまには運動しないと」

そう言い残して背を向ける。

きっと先輩は、俺という無職ひきこもりの生活を心配して、アパートに視察に来てくれたのだろう。

だけど、その好意に甘えちゃいけない。

もう先輩は部長じゃないんだ。俺たちの学生時代は、とうの昔に終わっているのだ。

だが……。

「何言ってるのよ。まだお礼してないでしょ。お礼はこれからよ！」

先輩は車の後部座席に買い物の荷物をどさどさと投げ入れるとドアを閉め、俺を追い越して駐車場の地上出口に向かった。

「ちょ、ちょっと、どこに行くんですか？」

「佐藤君がまだ行ったことのないところよ。教えてあげる。すごく気持ちいいんだから！」

＊

先輩は俺を先導して夜の繁華街を歩いていった。

繁華街には男女が休憩するためのホテルがあったが、俺は何も期待しなかった。

俺のいくつもの人生の記憶によれば、先輩と俺は男女が休憩するためのホテルに接近しつつも、結局は深い仲に至らないという事例を数限りなく重ねていたからだ。

むろん『いくつもの人生の記憶』なるものは、薬物による脳の異常によってもたらされた、なんら現実的な実体を持たない幻なのだろう。

だとしてもそれは俺の脳を縛り、俺の経験する事象の範囲を厳密に制限しているように思えた。

それゆえにホテルの前を通って心拍数が跳ね上がろうとも、俺は決して過度な期待をしなかった。

「ちょっと佐藤君！　鼻血が出てるわよ！　ティッシュティッシュ！」

「う、うおっ。すみません。急に運動して血の巡りが良くなったみたいで。別に変なこと考えてるわけじゃ」

「あのビルの中よ。行きましょ」

先輩は子供を引率する親のように俺の手を引っ張ると、新しめの商業ビルに足を踏み入れていった。

そしてエレベーターで三階に昇り、スポーツジムに似た雰囲気の受付に何かの会員証を見せた。

「サブスク会員の瞳《ひとみ》です。今日はゲストも一人追加でお願いします」

「はい。ゲスト様は三千円になります」

先輩は三千円を払うと、タオルと水着が入ったバッグを受付から二つ受け取り、それを一つ俺に押し付けてきた。

「更衣室はこの廊下の奥ね。水着に着替えたら五号室に集合ね」

そう言うと先輩は、施設の奥に続く廊下を早足で歩いていった。

受付前に取り残された俺も、気を取り直して廊下の奥に向かう。

突き当たりに男用の更衣室があった。誰もいないその空間で、おそるおそる服を脱いで水着に着替える。そして更衣室の奥のドアを開け、五号室とやらを探す。

あった。

かすかに花畑の香りが漂う暗い廊下の中程に、05と書かれたドアを見つけた。意を決して開けると、そこは熱気が満ちたサウナだった。

「………」

小さなサウナの中に、チューリップハットのごとき帽子を被《かぶ》った水着姿の先輩が、あぐらをかいて座っていた。

彼女は俺を手招きした。

「早くおいで、佐藤君。一緒に整いましょ！」

＊

二の腕が触れ合いそうな狭い個室で、温かみのあるオレンジ色の間接照明に照らされながら、先輩はサウナを賛美した。

「仕事帰りに『個室サウナ』ってのを見つけてね。入ってみたらすごいのよ！『ととのう』って感覚が初めてわかったわ」

「暑い……こんな暑い中で何が整うっていうんですか？　むしろ脈が乱れそうなんですが」

「まったく、佐藤君は何もわかってないわね。ひきこもりだから仕方がないか」

若干のむっとした気持ちを抱えながら、俺は室内を観察した。

ベンチの横幅は二人が並んで座れる程度で、そんなに広くないが、どっしりとした立派な木製で高級感がある。

壁際の柵《さく》の中に石が積まれており、熱はそこから生じているようである。

先輩がその石……サウナストーンと呼ぶらしい熱せられた石に、桶《おけ》から柄杓《ひしゃく》で水をすくってかけた。

ジュワーッという音と共に蒸気が立ち上り、室内に花畑の香りが強く広がった。その桶の水にはエッセンシャルオイルが含まれているらしい。

「今日はラベンダーね。どんどんかけましょ」

先輩がザバザバと桶の水をかけると、サウナ内は一寸先も見えないほどの濃い蒸気に包まれた。

その蒸気の向こうで先輩は、汗と共にサウナに関する蘊蓄《うんちく》を垂れた。

「『ととのう』ってのはね、サウナと冷水浴と外気浴を繰り返すことによって、自律神経の調子が良くなることなのよ。それによって不眠までもが良くなっていくのよ。佐藤君も、きっと今夜はぐっすり眠れるわよ。でもそのためには、まずは五分。できれば十分。我慢よ佐藤君」

先輩は頭に載せたチューリップハット状の帽子を目が隠れるまで深く被ると、腕を組んで黙り込んでしまった。

「あの……その帽子は一体」

「これはサウナハット……日常的にサウナに入るフィンランドでは一般的なアイテムよ。頭を熱から防いでのぼせを防ぎ、髪を乾燥のダメージから守ることができるのよ」

そんなアイテムを持っているとは、かなり真剣にサウナに向き合っているらしい。

一方の俺はというと何の防具も持っていないため、ダイレクトに熱が頭部に浸透し、すみやかにのぼせてきた。

このままでは十分も耐えられそうにない。

少しでも頭を熱から保護するため、両手に顔を埋める。

「…………」

そんな姿勢のせいか、だんだん俺の意識はダークな方に落ち込み始めた。

さきほど家電量販店ではクールに先輩と別れるつもりだったが、はっきり言って今の俺の胸の内にはクールさのかけらもない。

先輩があの最新のカメラを持って婚約者と海外旅行に向かうイメージが、さきほどから頭の中にぐるぐると再生され、それが焦熱地獄のごとき苦の渦巻きを生み出していた。

「ううう……うう」

「ん？　さすがに慣れてないと苦しそうね。これ、貸してあげる」

先輩はサウナハットを脱ぐと俺の頭にかぶせた。焦熱地獄から頭が守られたので、俺は手で顔を覆う必要から解放された。

しかし湯気の向こうに水着の先輩の姿があり、彼女の露出した肌はほんのりピンク色に上気している。

その三次元的な先輩の肉体には強い魅力があり、それは俺を苦しめた。

俺は再度、顔を手で覆って、意識を外部から内側へと後退させたが、そこにも先輩がいた。

あの日、即売会で楽しげに歩き回る先輩を、ずっと追いかけていたかった。

抱えきれない本を買った先輩の重い荷物を、俺が持ってやりたかった。

「…………」

しかし今、先輩には立派な婚約者がおり、俺といえば無職のひきこもりだ。本来は先輩をこのように近接距離から目視する資格も無いのだ。

手を伸ばせば触れられる距離で汗を流している先輩の太ももに三つ、特徴的な配置のほくろがあり、そこにぽとんと汗が落ちたが、そんなものをチラチラ見ている場合ではないのだ。

そう……俺は目を逸《そ》らさなくてはならない。

なぜなら三次元は見たくないもの、苦しいもので一杯だからだ。

そうだろう？

だから俺は……俺たちは二次元に目を向けなくてはならない。

二次元は高度に抽象化された三次元であり、そこには三次元の持つ苦は存在していない。

それゆえに俺は、この焦熱地獄の中で目を閉じ、心の中に二次元の妹を想起した。

しかし二次元の妹……それもまだあまりに人間的であり、実際にはそんな都合のいい存在など、どこにも存在しておらず、それは俺がこの宇宙で永遠に孤独であるという事実を逆説的に俺に突きつけてくる。

二次元……そんなものの隅々まで目を凝らし、何か永遠に価値あるものを見つけようとしたところで、自分の心は渇き続けていくだけである。

だから俺は、今こそ一次元に目を向けなければならない。

「こっちよ、お兄ちゃん」

俺は心の中の妹に導かれ、一次元へのゲートを潜ろうとした。そのときだった。

「ほんと……ありがとうね、佐藤君」

ぽたぽたと汗を垂らしながら先輩が呟《つぶや》いた。

「私……佐藤君のおかげで勇気が出たのよ」

「勇気？　なんで？　この俺のどこに勇気付けられる要素があるっていうんですか」

「だって……佐藤君、好きなふうに生きてるでしょ」

「べっ、別に俺はひきこもりたくてひきこもってるわけじゃなくて……そう！　もうすぐ就職もするし、俺だって真面目に働きますよ！　社会の歯車や潤滑油になりたいんです！」

「ふふ。いいのよ。佐藤君は佐藤君のままで。だって、そんな佐藤君……部屋で気持ちよく寝てる佐藤君……君の実感がこもった催眠音声を聴いたから、私も気持ちよく眠れるようになったのよ」

「…………」

「サウナはね。確かに体の調子を整えてくれるわ。だけど、私の心の調子を整えてくれたのは、佐藤君、あなたの作った催眠音声なのよ」

「そっ、そんな……俺の作ったものに、そんな大層な効果があるわけ……」

「見て。私、ちょっと元気になったと思わない？」

先輩は腕を曲げ、筋肉を誇示するポーズをとった。

「そんなこと言われてもわかりませんよ……たまに電話はしてましたけど、面と向かって会うのは本当に久しぶりなんだから」

「はは。ほんとだね……お久しぶり、佐藤君」

顔を上げると目が合った。

もちろんそんなことはないのだが、今ようやく、数十年ぶりに彼女と再会できた気がした。

＊

俺は先輩の指示に従ってその後、冷水風呂《ぶろ》に浸《つ》かり、ベランダで外気を浴び、またサウナの熱気の中に戻るという工程を繰り返した。

そのループの中で、確かに俺の中の何かが整っていくのが感じられた。

最後の外気浴の中、隣のリクライニングチェアに横たわる先輩が呟いた。

「私、頑張るわよ」

「何をですか？」

「秘密。だけど、やりたいことができたの」

「海外旅行ですか？」

「違うわよ！　そんなことじゃなくて……ずっとやってみたかったことがあるのよ。佐藤君、応援してくれる？」

先輩がカメラを持って海外に新婚旅行に行くというのは、どうやら俺の妄想だったらしい。

重苦しい想像から解放された俺は、自然に湧いて出た笑顔を先輩に向けた。

「も、もちろんです！」

「じゃあ……さっそくだけどお願いがあるの。また催眠音声を作って欲しいのよ。どんな催眠かというとね。『目標達成のための具体的な行動ができるようになる催眠音声』よ。それが今すぐ必要なのよ」

「…………」

「わかるでしょ、佐藤君。私、実行力がないのよ。文芸部でも偉そうなことばかり言って、一度もちゃんと小説を書けなかった私には、実行力を高める催眠が必要なのよ！

私、今度の夢は絶対に形にしたいのよ。だから作って、催眠音声！　もし作ってくれたらまたお礼するから！」

4

先輩からの依頼を承諾してしまったというのに、俺は自宅で深い疑念を抱いていた。

「…………」

先輩の車でアパートまで送り届けてもらった後、サウナ後の気持ちよい気だるさを感じながらも、いつもの汚らしいワンルームの闇の中、俺は悶々《もんもん》と悩んでいた。

催眠音声。そんなものが本当に効くのか。

少なくともDLsite.comに星の数ほども売られている成年向け催眠音声は、人に劣情を催させる力を持っている。それは確かだ。

成年向け催眠音声は、人の肉体という三次元的実体に明らかな物理的変化を引き起こす効果を持っている。

また山崎が最近ハマっているVRゴーグル内での瞑想《めいそう》も、音声による意識の誘導によって、精神にポジティブな変化を起こすようデザインされているとのことである。

となれば、俺が作った催眠音声によって先輩に何かしらの良い効果が現れることも、科学的観点から見てあり得ない話ではない。

「でもなあ……」

前回、先輩に送った催眠音声は、彼女をリラックスさせ、安眠させることを目的としていた。

もし、この穀潰《ごくつぶ》しの無職ひきこもりの俺に何かの才能があるとすれば、それは『安眠』の才である。

部屋にこもってひたすら寝ること……一日十六時間も寝続けること……肉体がこれ以上の睡眠は無理だ、やめてくれと訴えてきてもそれを無視して寝続けること。そういった行為に関しては、俺はいささかの自信があった。

朝、窓の外を児童や学生がフレッシュな希望を胸に抱いて歩き回り、ビジネスパーソンが決然とした仕事への意志を携えて会社に向かう時間にも、俺はカーテンを閉め切って寝る胆力があった。

できることならこのまま一億年、部屋にこもって休みたい……そう願いながら一年、二年、三年、四年と寝て過ごしてきた。

もしかしたらその実体験からくる説得力が、前回、俺が先輩に送った催眠音声に込められていたのかもしれない。

実体験から来る『凄《すご》み』こそが先輩を眠らせ、その安眠の中で彼女の疲れを癒《い》やし、彼女本来の活力、やる気を回復させたということも、もしかしたらあったかもしれない。

「…………」

だが今回の先輩の注文は、『目標達成のための具体的な行動ができるようになる催眠音声』である。

先日、岬ちゃんに与えられた『一日に五分、朝日を浴びて外を歩く』という簡単なミッションすら三日と続けて実行できていない俺には、そんな催眠音声を作る能力も資格も無いように思えてならない。

「ていうか岬ちゃん……あいつはもうダメだな」

ここ数日、俺はミッションをクリアしてMコインを得ることができず、結果、岬ちゃんに登校の命令を出すことができず、そのためにまた岬ちゃんは不登校に戻っていた。

なんとなくの直感であるが、あと数日も不登校を続けたら、それは岬ちゃんの基本状態として永久に固定化され、もはや二度と彼女はまともに社会参画できない哀れな日陰者になってしまう気がする。

「すまん……俺に力が無いせいで……」

岬ちゃんへの罪悪感から目を背けるため、俺はまた耳栓とアイマスクを装備した。

そして二次元から一次元へと逃避する。

だんだん気が楽になってきた。

「はあ……やっぱ一次元は最高だな。社会の辛《つら》さがないぜ」

限りなく虚無に近いこの一次元の中であれば、俺は精神の自由を得て、何も恐れることなく伸び伸びと心の羽を広げることができるのであった。

人間関係……社会と義務……空間と時間……早くバイトでもしなきゃという焦り……この世に生きるすべての者が拘束される面倒ごとから解放された気楽さが、一次元の中にあった。

俺はその気楽さの中で心を自由にくつろがせた。

そのときだった。

ふいに俺は一次元の中でひとつの偉大なる閃《ひらめ》きを得た。

それは『一次元には人の運命を変える力がある』という啓示だった。

なぜなら人間とは、感情と思考と、周囲の環境の影響によって動くロボットのようなものだからである。しかし一次元の中には感情も思考も環境もない。それゆえに一次元に潜った人は、自らの行動を制限する運命の外に出られるに違いないのだ。

どうせ今日も俺は夕方まで寝過ごしてしまう……そのダメな運命の鎖から解放される秘密の鍵《かぎ》が、この一次元の中にきっとあるのだ。

その微《かす》かな希望にすがりつき、俺は一次元の虚無の中で祈った。

どうか俺をウォーキングさせてくれ、と。

心を虚無にした一次元の中で俺は祈った。

すると……その祈りは通じた。

奇跡が起きたのだ！

カーテンの隙間から朝日が差し込んでくるちょうどその頃、俺はアイマスクと耳栓を外し、顔を洗って歯を磨くことに成功していた。

しかもその行動によって弾みがついたのか、気づけば俺は靴下を履いて玄関で靴を履くことすらできていた。

このまま玄関から外に出て五分間ウォーキングして、どこかで一枚、適当な写真を撮って、それを岬ちゃんに送ればミッションクリアだ。そうすればMコインをゲットできるし、また岬ちゃんに登校命令を下すこともできる。

「行ける……か？」

だが外から響いてきた車のエンジン音や、犬の散歩の気配など、目覚めつつある朝の街の雰囲気が俺を恐れさせた。

俺という腐れひきこもり人間が、朝の街というフレッシュな場所に飛び出していいのか？

俺という汚れたオーラを背負った無能人間が朝の街を歩いたら、俺の低能力オーラが周囲に広がって、広範囲に悪いデバフをかけてしまうのではないか？　俺のダメ人間的性質が四方に広がって、この国のＧＤＰを下げてしまうのではないか？

そんな恐怖が俺を襲う。

「もうダメだ……」

俺は玄関の外から感じるプレッシャーに屈し、靴を脱いで布団に戻って横になることを選択した。

そのときだった。

「お兄ちゃん。私が応援してあげる。がんばれ、がんばれ、お兄ちゃん」

二次元の妹が俺を励ましてくれていた。

その励ましに背を押された俺は、玄関ドアを開け、眩《まばゆ》い朝日の下に足を踏み出した。

こうして俺は一次元、二次元、三次元、すべての力を総動員して、昼夜逆転の運命に打ち勝ったのである。

＊

岬ちゃんは登校を再開した。

Ｍコインの効果である。

あるいは俺が毎朝、ウォーキング中に撮ったアサガオの写真などと共に『おはよう岬ちゃん。今日も学校、頑張れよ。応援してるからな』などという空々しいメッセージを繰り返し送っていることも、もしかしたら彼女に何かしらの良い影響を与えているのかもしれない。

わからないが、とにかく彼女はまた学校に通うようになった。

俺はその成功体験で得た知見をもとに、新たな成年向け催眠音声の試作品を制作し、山崎と先輩に送付した。

山崎は、一次元というコンセプトに電撃的な衝撃を受けたとのレスポンスを俺にくれた。

試作品を聴いた奈々子は、ところどころよく理解できない点があると文句を言いつつも、今回も声優としてプロジェクトへの参加を承諾してくれた。

先輩はというと……。

「新しい催眠音声、聴いたわよ！　おかげで私も今日こそ計画を実行に移せそうよ。実を言うと、カメラもライトも三脚も買って、モデル申請もして、何もかも準備ＯＫだったんだけど、最後の最後で私、前に進む勇気をなくしちゃってたのよね。だけど佐藤君の新作を聴いてたら、わかったのよ！　やっぱり私は自由だったんだって。どんなことでも自由にやっていいんだって！　だから私、やるわ！」

ある夜、先輩はスマホの向こうでそんなセリフを一方的にわめくと、すぐに通話を切った。

話の内容から察するに、どうやら先輩は、YouTubeチャンネルでも開設するつもりらしい。

「あとでチャンネル登録でもしてやるか」

俺はそんなことを呟《つぶや》きながら、スマホをポケットにしまうと自らの日常に戻っていった。

夜、山崎とクリエイター談義をし、岬ちゃんのカウンセリングを受ける。

それでも暗い自室に一人になると、将来の不安に襲われ、頭を抱えてネガティブな独り言を繰り返してしまう。

だが今の俺には、ほんの少しだけ昔と違う心の自由があった。

それは二次元の奥、一次元の中で見つけた心の自由だ。

心の奥で見つけたその自由さがあれば、俺は三次元に立ち向かう勇気を、ほんの少しだけだが持つことができた。

だから……今夜、俺は自室の布団の中で決意した。

もっと深く、もう少しだけ大胆に……三次元と向き合ってみるぞ、と。

これまで逃げてきた、見ないようにしてきた三次元を、もう一度、直視してみるぞ、と。

「…………」

「そうだ……俺だって、いつまでも二次元だの一次元だの言ってるわけにはいかないからな。今夜は直視するぞ、三次元を！」

そういうわけで俺はまず、自室のドアの鍵を閉めた。

それから布団に横になり、スマホで、三次元的な性的対象を探した。

なぜなら俺は今、三次元と和解しようとしているのだ。それゆえに、あえて俺はスマホで三次元人間女性の裸体を見つめようとしているのだ。

だが普通にメーカー製の成年向け動画などを見るつもりはなかった。そんなものよりも、もっとリアルな三次元の手触りの感じられるものが見たかった。

そこにこそ三次元の真実があるはずなのだから……。

そんなこんなでネットでリアルな映像を探すこと二時間……俺はPornhubというサイトに辿《たど》り着いていた。

このサイトは世界最大の成年向け動画投稿サイトであり、YouTubeのように、閲覧数に応じて投稿者に金銭が支払われる仕組みを持っているとのことだ。

「なるほど、今は成年向け動画も自分で作って自分でアップし、自分で稼ぐ時代なんだな。いい時代になったものだぜ」

我が国からもこのサイトに映像を投稿することができるようで、日本人による手作りの成年向け動画も多数アップされていた。

気持ちを落ち着けるために少しシステムを調べてみると、著作権や肖像権など、気になる部分がしっかり守られる仕組みがこのサイトにはあるとわかった。

このサイトに自作のビデオをアップするには、パスポートと共に、自らをモデルとして申請して登録する必要があるのだ。

「ふむ。YouTubeより煩雑な手続きが必要だが、その分、モデルの権利を保護してくれる良サイトってことだな。素晴らしいぜ」

俺は冷静な批評的コメントを呟きつつ、自分好みの映像を探した。

やはり多様性の時代なので、まずはさまざまな人種の動画を観ていく。

「ふむ。アジアもアフリカもオセアニアも北欧も悪くないな。やはり地球は一つということか」


どの人種にも特有の美点があり、俺は久しぶりの三次元エロ動画によって脳が溶けていくがごとき興奮を味わった。

だが本番はここからだ。

俺はここまであえて観ないようにしてきたカテゴリー、『日本人』の閲覧制限を解除した。

瞬間、スマホの画面に日本人のあられも無い姿が表示され、俺の脳に大量の脳内麻薬が溢《あふ》れ出した。

やはり同じ民族の動画は、人の欲望を強烈に掻《か》き立てる力を持っている。

「ま、まじかよ。こんな可愛い子がこんなことするなんて、やばすぎるだろ」

とてつもなく可愛い子が嬉々《きき》としてカメラのレンズを自分に向け、俺の想像を超えたエッチな行為を撮影し、それを世界に向けて公開している。

それを観る俺の心拍数は一気に跳ね上がり、全身の各所が破裂しそうになった。

日本人の多くはマスクで顔の半分を隠しており、また日本の法律にも触れぬよう体の一部をモザイクで隠している。

だがその日本的な奥ゆかしさが、かえって俺を熱く興奮させた。まずい。そろそろ興奮の限界が近づいている。もう出し惜しみしている場合じゃない。

急ぎ俺はもっとも自分の好みに合致すると思われる具体的なキーワードをブラウザに打ち込み、究極的に興奮するビデオを探索した。

『会社員』

『清楚《せいそ》』

『黒髪』

すると事務員の制服を着た清楚な黒髪のOLらしき女性の自撮りビデオが、俺のスマホ一杯に再生された。その映像はあまりに俺の好みに合致していた。

「し、信じられない……先輩とそっくりじゃないか」

俺は魔法にかけられたように、先輩そっくりの美女がカメラの向こうで服を脱ぎ出すのを見守った。

「う、うおお……マスクをしてるとはいえ、なんていう美人なんだ。しかも本当に先輩にそっくりだ。こんなそっくりさんがこの世にいるとは……」

先輩に酷似したその女性が下着姿になったそのとき、俺の脳は興奮のあまり非常事態警報を発した。このままでは脳のどこかの血管が本当に切れる。

命を守るため、もうスマホを置いてクールダウンせよ。そのような警報を感じたが、より強い本能、すなわち性欲が俺の視線をスマホに釘付《くぎづ》けにしていた。

「まじかよ……映像もとんでもなく綺麗《きれい》じゃないか。肌がしっとりと美しい。それでいて補正もきつすぎず、彼女本来の美しさが生々しく映像化されている……これは最新のカメラによって撮られたものだな。照明も柔らかい。これはいいリングライトを使ってるに違いない。うおお、たまんねえ……」

だが彼女の太ももがスマホに映し出された瞬間、俺の心臓は性的興奮がもたらすものとは別種の痛みを発した。

「…………」

彼女の太ももには、特徴的な三つのほくろがあった。

太ももに三つのほくろを持つ女性……先輩は、あの家電量販店で購入したカメラの向こうで、とんでもなくエッチな行為を始めた。

俺はこの世に生まれ落ちていまだ感じたことのない興奮と苦痛を共に感じながら、自室の湿った布団の中でなすすべもなくスマホを握りしめ震えていた。

第四話　マルチバースへの飛翔

1

俺は自室で自分のVRヘッドセットを被った。

山崎が楽しそうにVRゲームをプレイしているのを見ているうちに、どうしても俺も欲しくなり、先日とうとう仕送りを使って買ってしまったのである。

今月の家賃を払えるかどうか怪しくなってしまったが、後悔はない。

VRのおかげで山崎との会議も円滑に進むようになった。

メガネをかけた山崎のアバター……本体は隣室にいる……が言った。

「機は熟しました！　そろそろエッチな催眠音声を作ってください。ビデオ、パソコン、ネット……これらのテクノロジーが広く大衆に普及するためには、性の持つパワーに頼る必要があったんです。僕らの催眠音声も同様です」

本体と同様、メガネをかけた山崎のアバターが発する言葉には説得力があった。しかし本格的にエッチなものを作るということについては、俺の中に強い抵抗が芽生えつつあった。

「ま、まだ時期尚早じゃないか。もう少し全年齢向けの試作品の制作を続けるべきじゃないか」

「確かに、奈々子がエッチな音声の録音に協力してくれるかは未知数です。僕としてもどんな顔をして頼めばいいのかわかりません。だとしても僕らは前に進むしかないんですよ！　前へ、前へと！」

山崎のアバターがどんと机を叩《たた》くジェスチャーをしたと同時に、アパートの床が振動し、ＶＲゴーグルのスピーカーと隣室から山崎の声が響いてきた。

「前に進むんです……つまりエッチな催眠音声を作ってDLsiteで売るんです……それですべてが救われるんです。何もかも、すべてが！」

「すべてとは？」

「僕らの催眠音声を聴いた兵士たちは、銃を置くでしょうね。世界に平和が訪れます」

「それはあるかもしれないな」

「僕も実家に帰る運命から救われます」

「ははは、それはないだろ。DLsiteでいくら催眠音声が売れたって、お前は親父さんの跡を継いで牧場に帰らなきゃいけないんじゃないか」

「いいえ。僕がこっちで手に職をつけたことを知ったら、あっちはあっちで誰か別の人を雇うはずです……きっと」

俄《にわ》かには信じ難い。仮にDLsiteでエッチな催眠音声が売れたとして、それを山崎は自分の仕事として堂々と両親に説明できるのか？

しかし山崎の次の言葉によって、俺のモチベーションにも火がついた。

「佐藤さんだってそろそろ仕送りが止まるんでしょう？　ご飯を食べるにも、ここの家賃を払うにも、安定した収入が必要なはずです。だからこそ僕たちは、ロングテールにしてブルーオーシャンな商材であるところのエッチな催眠音声を、作って売らなきゃいけないんですよ！」

「わかったよ山崎君、そろそろエッチな催眠音声の制作に、本腰を入れて取り組んでみる」

「絶対の絶対ですよ。頼みましたからね！」

山崎はVR空間から消えた。

俺はゴーグルを脱ぐと、スマホにアイデアをメモした。山崎と俺の頭文字を冠したスタジオ名の後に、タイトルを書き込む。

『YSスタジオpresents　エッチな催眠音声vol.1　～妹との性の饗宴《きょうえん》（仮）～』

さらに俺はヘッドホンを被《かぶ》ると、先日ネットで拾った『Onii-chan Japanese Female voice sample』なる音声集を大音量で再生して気分を高め、妹との性の饗宴をイメージしようとした。

だが実際にエッチなシナリオを書こうとした瞬間、心臓が物理的に痛み出し、俺は薄暗い部屋で一人、胸を押さえてうめいた。

「ぐっ……」

理由はわかっている。Pornhubにアップされている先輩のエッチな動画のせいだ。

エッチなシナリオを書くには、どうしてもエッチなことを考えなくてはならない。しかしそうすると、先輩のエッチな動画が思い出され、俺の脳が壊れていく。

「…………」

まあ先輩が一人で性的な動画を撮ってそれをアップしているだけなら、そんなに問題はない。だがPornhubには『カップルエロ動画』というジャンルが存在している。

そのジャンルでは、多くのカップルたちが自分たちの仲睦《なかむつ》まじい性行為を撮影し、それを嬉々《きき》としてPornhubにアップしている。

通常それは無害であり、商業主義に毒された従来のエロ動画よりも脳に優しい存在と言える。

むしろ愛のあるカップル動画を大量摂取すれば、壊れた脳も治るかもしれない。

だがそのカップルエロ動画に映っているのが、かつての自分の片思いの相手であったりすると、話はまた変わってくる。

「うう……」

俺は胸を押さえてうめきつつ、つい考えたくないことを考えてしまった。

いずれ先輩も、婚約者とカップルエロ動画を撮り始めるのではないのか？

いや、今この瞬間、例の婚約者を相手に、カップルエロ動画を制作しているところなのでは？

その恐るべきヴィジョンによって、俺の脳細胞がごっそりと自死を選んでいくのが感じられた。

「ダメだ！　こんな精神状態では仕事なんてできるわけがない」

当面、先輩のことを忘れよう。

Pornhubも封印しよう。

もし先輩にまた催眠音声の制作を頼まれても、次は絶対に断ろう。

YSスタジオの未来のために……。

そのときだった。

「佐藤くーん、起きてるー？」

「お、起きてますよ」

先輩から着信があった。

「変なことしてないでしょうね、今」

「何言ってるんですか！　何もしてませんよ！　当たり前でしょ！」

「じゃあ入るわね」

「うおっ」

いきなり玄関のドアが開いたかと思うと、先輩が俺の部屋に踏み込んできた。俺は焦ってヘッドホンを外してしまった。

盛大に『Onii-chan Japanese Female voice sample』が外に漏れる。

「お兄ちゃん、大好き！　お兄ちゃん大好き！」

「ふーん、最近はこういうのが好きなのね……まあいいわ。またお礼に来たわよ。この前、佐藤君が私のために作ってくれた催眠音声、すごく効いたからね。行きましょ」

先輩は俺に断る間を与えず、俺を部屋から引っ張り出すと車に連れ込んで、いずこかに向けて夜のドライブを始めた。

＊

車は駅前を越え、首都の中央部に向かった。そこにはこの国を代表する巨大球場があった。

「佐藤君は来たことある？　東京ドーム」

「いえ、野球はちょっと……」

「だよね。佐藤君はあらゆるスポーツが苦手だろうけど、特に野球は嫌いでしょ」

「なぜそれを」

「高校のときの全校応援。せっかくうちの野球部が甲子園に出場するっていうのに、佐藤君、本当につまらなそうな顔で見てたよね」

「あっ、あれは……」

あのころ先輩は野球部のピッチャーと付き合っていた。

夕焼けに染まるポプラ並木をセーラー服の先輩と、がっしりした体軀《たいく》の男が腕を組んで下校していく記憶が脳裏をよぎる。

「今もつまらなそうな顔してるね」

「そっ、そんなことないですよ！」

「佐藤君にはわからないことかもしれないけどね。人生はね、なんでも体当たりで体験してこそ道が開いていくし、笑顔にもなれるのよ」

「…………」

「まあ安心して。今日はナイターに連れてきたわけじゃないんだから」

駐車場で車から降りた先輩は、『東京ドームシティ』なるホテル、ミュージアム、遊園地、商業施設が融合した施設へと俺を引き連れていった。

「どう？　素敵な雰囲気じゃない？」

夜のドームシティの歩道はキラキラしたＬＥＤに照らされており、腕を組んだ恋人たちがそこかしこを歩いており、そのロマンティックな祭りの夜のごとき雰囲気は、殺伐とした鬱病《うつびょう》の夜のごとき俺の雰囲気と激しくバッティングした。

「悪いですけど、夜の遊園地なんて気分じゃないですよ」

「あはは、ひきこもりだから怖いのよね。でも経験豊かな社会人の私がついてるから怖がらないで。行き先も遊園地じゃないからどーんと安心して。何事も、経験、経験！」

先輩は、アトラクションズエリアとショップ&レストランエリアを素通りすると、その奥にあるエレベーターに俺を引っ張り込んだ。

その腕はやけに力強い。挙動全体もハイテンションだ。いつも弱々しい先輩が、こんなに元気なのはおかしい。つまり彼女は今、何かしらの薬の影響下にある。

「これはやばいな……」

俺は先輩との付き合いの中から、また俺自身の精神の動きの観察から、『上がったものは必ず落ちる』ことを知っていた。それゆえに今の先輩の無駄に元気なテンションは長続きせず、いずれ薬の効果も切れて、ハードな鬱《うつ》状態に陥ることが予想された。

そうなれば俺が彼女を介抱せねばならない。

俺にそんな力があるのか？

「…………」

責任が俺の足取りを重くする。

そんな俺の気も知らず、先輩は商業施設の高階層までエレベーターで昇ると、ホテルのフロントを思わせる受付で何かのチェックインを済ませて、館内着とタオルが入ったバッグを受け取り、その一つを俺に押し付けてきた。

「これは……またサウナですか？」

「ふふふ。確かにサウナもあるけど、もっといいところに連れてってあげる。ここはスパラクーアなんだから」

急ぎラクーアなる単語をスマホで調べると、公式サイトに以下の説明文があった。

『スパラクーアは東京ドームシティの中に位置し、豊かな天然温泉とサウナ、各種トリートメントサロン、ヘルシーなレストラン&カフェに広いリラクゼーションスペースを備えた、「トータルでキレイがかなう」温浴施設です』

ヘルシーやキレイという、この穢《けが》れた俺の存在を浄化して無に還してしまいそうな単語が並んでいて恐怖を感じたが、つまるところ、ここは温泉施設のようである。

「温泉なら入ったことありますよ。修学旅行でね」

「今日は温泉もサウナもメインじゃないのよ。それはさっと軽く済ませちゃって、三十分後に待ち合わせスペースに集合しましょ」

先輩は女性スパゾーンに向かった。女性用ロッカールームに入る手前で振り向くと大声で叫んだ。

「佐藤君、一人で大丈夫？　怖くない？」

気恥ずかしさを覚えた俺は、急ぎ先輩に背を向けると気合を入れて男性スパゾーンに向かい、そこで勢いよく全裸になって、もうもうと湯気の立つ温泉に入った。

さらに先日、先輩に教えてもらったルーティーン……すなわちサウナ、水風呂《みずぶろ》、外気浴の繰り返しをハイペースで三セットこなした。

温泉から出て館内着に着替え、待ち合わせスペースのランデブースクエアなる場所に向かうと、ちょうど先輩も女性スパゾーンから出てきたところだった。

「ひきこもりのくせに時間を守るなんて偉いじゃない。それじゃ次はご飯よ」

ほかほかと暖かな空気を身にまとった先輩は、俺の手を引っ張ると、階段を下りてレストランフロアに向かい、ベトナム料理店に入った。

「これはフォーっていう、米から作った麺《めん》よ。部屋からも日本からも出たことのない佐藤君には、一生縁のない食べ物なんだけど、食べられてよかったね」

「フォーくらい知ってますよ。馬鹿にしないでください！」

「はいはい、美味《おい》しかったね。それじゃ次は喫煙所に行くわよ」

レストランの会計を済ませた先輩は、俺を近くの喫煙所に連れていった。

「お、俺……最近はタバコが値上がりして、あまり吸ってないんですよ」

「別に私だってタバコなんて吸わないわよ。体に悪いからね。私が吸うのはこれよ」

先輩は館内着のポケットから、謎のパイプ状の機械を取り出した。

「これはCBDのカートリッジとバッテリーよ。こうやって吸うのよ」

先輩は謎のパイプ状の機械をくわえて息を吸い込むと、濃厚な白い煙を吐き出した。

「この前、出張で宇都宮《うつのみや》に行ったときに、CBDの専門店を見つけてね。買ってみたらすごく良かったのよ。濃度が高いのにお手頃価格。香りもすごくいいでしょ」

確かに、トロピカルで美味しそうなマンゴーの香りが先輩を取り巻いている。

「こうやって吸うのよ」

先輩はもう一度、謎の機械をくわえ、その側面のボタンを押しながら煙を吸い込んでみせた。

「……いいんですか？」

「吸ってみる？」

俺は強いドキドキ感に襲われつつも平静を装い、渡されたＣＢＤ吸入器に口をつけた。

「うぐっ、げほっ、げほっ！」

「すごく濃いから気をつけてね」

「げほげほ……これ、吸うとなんの効果があるんですか？」

「ＣＢＤってのはカンナビジオールの略で、大麻由来のリラックス成分なのよ」

「そ、そんなもの公衆の面前で吸っていいんですか？」

「馬鹿ね。違法成分のＴＨＣは取り除かれているし、デパートでも普通に売ってるものだから安心して」

どうやら山崎の友人がくれるものとは違い、これはいくら吸っても官憲に捕まる心配はしなくていいようだ。

安心してさらに何度かその煙を吸うと、大麻からトリップ感を抜いたような、体だけが重くなるリラックス効果が感じられた。

先輩もさらに何度か白い煙を吸うと、吸入器をポケットに仕舞った。

「さて、そろそろ行くわよ。ここからが本番」

喫煙所を出た先輩は、ラクーアの高層へと続く階段に俺を誘った。

とんでもなく長い階段だ。

俺は途中で上るのを諦《あきら》めて座り込みそうになった。

だが先輩は俺の手を掴《つか》み、上へ上へと引っ張っていった。俺の計算によれば、そろそろ先輩は躁《そう》から鬱に転じる頃合いだったが、彼女の足取りはむしろ力強さを増していた。

もしかしたらCBDのリラックス効果が、先輩の躁的な危うさを打ち消しているのかもしれない。

あるいは、あまり認めたくないことではあるが、例のビデオ制作という密《ひそ》やかなプロジェクトが、先輩に精神の安定を与えているのかもしれない。

いつだか岬ちゃんが読み聞かせしてくれた自己啓発書にも書いてあった。

『生きがい。ライフワーク。それによって人は心の平和を得るのです』と。

「ちょっと、ぼうっとしないで前を見て。ここよ。ここに佐藤君を連れてきたかったんだから」

階段を上り終えた先輩は、巨大な自動扉の奥へと俺を誘った。

扉の奥には、エキゾチックなランプが灯《とも》された薄暗い空間が広がっていた。

「こっ、ここは……」

俺は館内着のポケットからスマホを取り出すと、現在地に関する情報を検索した。

「ここはヒーリングバーデ。『ワンランク上の贅沢《ぜいたく》を愉《たの》しむ大人の楽園』だと？」

横から俺のスマホを覗《のぞ》き込んだ先輩は、公式サイトの説明文を読み上げた。

「そうよ。ここは黄土やゲルマニウムなど、様々な効果が期待できる岩盤浴室に、南国リゾートを思わせる休憩スペースを併せ持った、大人のためのヒーリング空間なのよ……来て！」

先輩は窓際に並んだデッキチェアに向かうと、そこに体を横たえ、振り向いて俺を手招きした。

先輩の隣に座った俺は、ふいに正面を見て思わず息を飲んだ。

「な、なんだこの景色。すごいな……」

ビルの高層階の窓の外には、暗闇の中に輝く遊園地の青や紫のイルミネーションと、その奥にどこまでも続く東京の街明かりが広がっていた。

「ね。SF映画みたいでしょ。ここは宇宙船の操縦席。コクピットの向こうには、無数の星々、永遠の宇宙が広がってるのよ」

「………………」

さきほど吸ったCBDによって、いつも大麻を吸ったときに刺激される脳細胞が間違えて発火しているのかもしれない。

夜の暗闇に輝く光、そのひとつひとつが星の輝きのようだった。

俺はそのいくつものきらめきの中に、体験したことのない別の人生の記憶を見出《みいだ》していた。

いくつもの人生で俺と出会った先輩は、なんだかいつも、ひ弱で悲観的だった。

しかし今、隣のデッキチェアに横たわる先輩は、いつになく健康そうである。

温泉とサウナの効果がまだ続いているのか、三つのほくろがある彼女の太ももは、ピンク色に上気している。

目の前に広がる街の明かりを浴びながら、彼女は言った。

「でね。お願いがあるのよ」

「また催眠音声ですか？」

「ええ。私ね、今、人生で初めて、自分が本当にやりたいことをやってるのよ。だけどね。こんなこと、本当に続けていいのか不安でしょうがないの」

「…………」

「だからお願い。私が自分を肯定できるようになる催眠音声、作ってちょうだい」

返事をすることはできなかった。

Pornhubでエッチな動画を公開するという先輩の活動を、本当に肯定していいのか。

常識的には、なんとしてもそれを止めるべきではないのか。

それに、もともと俺は先輩に新たな催眠音声の制作を頼まれても、断るつもりでいたのだ。

断るなら今だ。

「…………」

しかし俺を見つめる先輩の目には、かつて見たことのない意志の光が輝いて見えた。

だとしたら、たとえ世界中が先輩の活動を否定したとしても、この俺だけは、先輩のやることを全部そのまま認めるべきではないのか？

なぜなら俺は先輩の後輩なのだから。

「お願い、佐藤君」

俺はうなずいてみせた。

2

『やります。先輩が自分を肯定できるようになる新たな催眠音声を、俺が作ります！』

そうは言ったものの、制作は例によって難航していた。

先輩が自分を肯定できるようになる催眠音声を作るには、まずこの俺が、先輩のやっていること……例の自作エロ動画の撮影を肯定する必要があった。

それはとても難しい。

現在でも地球の多くの地域では、女性が性的な動画を撮影することは道徳的に忌避されるだけではなく、明確に国の法律に反する罪であり、投獄あるいは鞭打《むちう》ち等のハードな罰が与えられる。

またそれは決してよそ事ではなく、我が国においてもなぜか人体の一部を録画して公開することは罪とされている。

このように、性にまつわる表現は二十一世紀においても深く罪と結びついており、この俺とてそのような社会通念の影響下にある。

「…………」

先輩の活動を肯定するために、スマホで先輩の動画を鑑賞するたびに、俺の内なる道徳警察が闇の鎌首をもたげる。

（なんてふしだらな女なんだ……彼女を応援なんてできるわけがない。こんな不道徳な行為は一刻も早くやめさせなくては……）

一方で彼女がビデオの向こうで繰り広げている不道徳な行為が、不道徳であるがゆえの背徳的な興奮を生み出すこともまた確かなことであった。

つまり道徳によって抑圧されているからこそ、性の表現はこんなにも俺の脳を興奮させ、かき乱すということなのか。

「…………」

とにかく、何がなんであれ先輩のエロ動画は俺の脳を激しく揺さぶる。

俺の脳と自律神経は刻一刻とおかしくなっていく。

当然のことながら、高度の精神集中を要する催眠音声の制作など、とても進めることができない。

自室でビデオを見ながら悶々《もんもん》としていることしかできない。そうこうするうちに、カウンセリングの時間が来た。

＊

いつもの公園のベンチに座った俺を見るなり、岬ちゃんは目を丸くした。

「さ、佐藤君……どうしたの、その顔？」

「俺の顔がどうかしたのか？」

「一気に百歳も年をとったみたいに見えるよ！」

「は、はは、岬ちゃんは大げさだなあ」

だが気になったのでスマホで自分の顔を映してみる。

「こっ、これは……」

夜の公園なので全体的に暗いのは仕方がないとして、それにしてもやつれている。目の下には濃い隈《くま》ができ、肌は青白く、醸し出している雰囲気がドブ沼のように淀《よど》んでいる。

向かいのベンチに座る岬ちゃんは、テーブルに手をついて身を乗り出してきた。

「間違いないよ。どこかの内臓がダメになってるんだよ。病院に行こう！」

だがビデオの見すぎで俺の人間性は失われていた。親身に心配してくれる岬ちゃんの胸元を、俺はじっと見つめた。

ただ座っているだけで汗が出てくる暑い夏だ。岬ちゃんは薄着であり、その胸の膨らみがいつもよりくっきりしている。

そんな発情したゾンビのような俺の挙動に構わず、岬ちゃんは俺の額に手を当ててきた。

「じっとしてて。熱は……よくわからないね。夏で暑いからね。ただこの汗……なんだかべっとりしてて気持ち悪いね」

エンドレスPornhub視聴で生じた俺の脂汗を、岬ちゃんはTシャツの裾《すそ》でゴシゴシと拭《ぬぐ》った。一瞬、Tシャツの裾がめくれ、岬ちゃんの肌があらわになった。

「か、解像度が高すぎだろ……！」

思わず驚きの声を上げつつ、俺は岬ちゃんの四肢の視覚情報を性的に消費していった。そのことに罪悪感はない。

真剣な顔でスマホの操作を始めた岬ちゃんは、Tシャツにショートパンツという極めて夏らしい服装をしている。

「私はスマホで応急処置を探すからね。友達がゾンビみたいになってしまったときにどうすればいいのか……」

そんなことを呟《つぶや》く目の前の三次元女性は、Pornhubにアップされている動画に比べ、過激さは低い。だが、そのぶん解像度と立体感においてはこちらが勝る。そんなせっかくの良コンテンツ、消費しなければむしろ制作者に悪いだろう。

そんなわけで、じろじろ……と擬音がしそうなほどに俺は岬ちゃんの肉体を眺めまわしていた。

じろじろ。

じろじろ。

だが……。

「わかったよ！　脳の血管に問題が生じたとき、人はゾンビのようになりがちらしいよ……って、そんなの私じゃ手に負えないよ！　待ってて、救急車を呼ぶからね」

岬ちゃんの真剣さによって、俺はわずかに人間性を取り戻した。

「す、すまん、待ってくれ。俺は大丈夫だ。確かに俺の脳は壊れてきてるが、それは何も病気のせいじゃないんだ」

「じゃあなんのせいなの？　心配だよ」

「そ、それはつまり……まあ、ある意味、岬ちゃんのせいでもある」

「私？　そうか最近、佐藤君には難しいミッションを与えて来たからね。そのせいで精神に変調を来してしまったんだね」

「いや違う。ただ……どうしても見てしまうんだ」

「何を？」

「その……女性を……」

「なんで？」

俺が口ごもっていると、岬ちゃんは手のひらをぽんと叩《たた》いた。

「ああ、なるほどね。また山崎君とゲーム作ってるんでしょ。それで映像資料が必要なんだよね。佐藤君が気になるのはどうせ小さい女の子でしょ？　いつだか小学校の校門前で盗撮してたもんね」

「ば、バカいえ。俺はそんなことした覚えはないぞ」

「そうだったっけ？」

「とにかく俺が気になるのは小学生なんかじゃない」

「じゃあ……まさか……中学生？」

俺は首を振った。

岬ちゃんはじっと俺を見つめた。

「もしかして佐藤君……私みたいな大人の女性が気になるの？」

「…………」

「それは良いことだよ佐藤君。大人の女性に興味を持つことはね。至って健全です」

「そ、そうか？」

「実は私もね。そろそろ佐藤君には必要だと思っていたよ。健全なセクシャリティの育成……迷いがちな現代の青少年には、どうしてもそれが必要なんだよ。正しい性の知識がね」

そう言いながら岬ちゃんは、鞄《かばん》からごそっと大量の本を取り出してベンチに並べた。

「あ、『健全』という言葉を使っちゃったけど、もちろん私は健全さにもいろいろな種類があるとわかってるからね。もし佐藤君が普通とは違っても私は差別しないよ！　この現代社会においては、普通というのは存在しない幻想なんだからね！」

そう言いつつ岬ちゃんは『お母さんと読む絵本　～ＬＧＢＴＱ＋ってなあに？～』を広げてみせた。

話がややこしい方向に進みそうだったので、俺は軌道を修正しようとした。

「俺は普通だ。ノーマルだ！」

「ちょっと佐藤君。そのノーマルって言葉はよくないよ。この世の中、何もノーマルなことなんてないんだからね。それよりも、もっと具体的に性的指向を表現してみるといいよ。まず男性と女性、どっちが好き？」

「そりゃもちろん……女性だ」

「本当かなあ。まあとりあえず女性が好きということにして、年齢はどのくらいからが好き？」

「それはさっき言ったろ」

「大事なことだからもう一度詳しく調査するね。私の写真を見せるから、これで判定してね」

岬ちゃんはスマホを俺に向けると、自分の写真を年代別にスワイプしていった。

「おっ。これは幼稚園のころか。かわいいじゃないか」

「どう？　興奮する？」

「するわけないだろ！　俺を何だと思ってるんだ！　……おっ。これは小学生のころか。かわいいじゃないか」

「どう？　興奮する？」

「するわけないだろ。……おっ。これは中学生のころか」

「どう？　興奮する？」

「……これは最近か」

「入学式の帰り道。どう？　興奮する？」

「…………」

「なるほど。佐藤君の性的対象はだいたい高校生以上ということだね。思ったより普通で良かったよ。とにかくね、私がいいたいのは、セクシャリティってのはすごく大事なんだってこと」

岬ちゃんは『国際セクシャリティ教育ハンドブック』という本を広げながら、うんうんとうなずいた。

そして、しばしのディレイの後に顔を赤らめた。

俺も急激に恥ずかしくなってきた。

「…………」

気まずい沈黙が流れる。

それを断ち切ろうとしてか、岬ちゃんは手元の本をペラペラめくりながら言った。

「と……とにかく佐藤君は性のことで悩んでるんだよね！」

強引にでもカウンセリングモードに入りたいらしい。

センシティブな話題の気まずさをごまかすため、俺もカウンセラーに救いを求める哀れな子羊モードへと自らを調整して応答した。

「ああ。正直、どうすればいいかわからないんだ。性に関することで頭がぐちゃぐちゃになってるんだ」

「ふんふん。青少年には普通のことだよ」

「仕事も何も手につかない」

「ははは。別に仕事なんてしてないでしょ」

「してるさ！　俺には進めなきゃいけない沢山のタスクが……」

「うんうん。そういうおままごとみたいな仕事も、社会性を養うためには何かの役に立つと思うから、私は否定しないよ。性の悩みのことも、アドバイスしてあげるよ。私は『二つの方向』があると思うんだ」

「二つの方向？」

岬ちゃんは、さらに勢いよくペラペラと本をめくりながら答えた。

「性の悩みを乗り越えるためにすべきこと……その一つ目は、親しい間柄の他者との信頼関係を育《はぐく》みながら、性に関する体験を少しずつ深めていくという方向だよ」

「なるほど。信頼という安全性が確保されているなら、性というデリケートな領域を安心して開示し、探索できそうだな」

「うん。そして二つ目は、昔の保健体育の教科書に書かれていた方法だね。性に関する情動を昇華するという方向」

「昇華？」

「性に向かう力を、創作活動や自己実現に使うということです」

「そんなことできるのか？」

　岬ちゃんは腕を組んで考え込んだ。

「うーん。もしかしたらできるかもね。強い意思の力があればね。まあ佐藤君にはそんなものないだろうけど」

「…………」

「それでね。私なら協力してもいいよ。佐藤君を性の悩みから救う協力。私はひきこもりを助ける天使みたいな存在だからね」

「い、いいのかよ。かなり大変だぞ」

「すごく嫌だけど佐藤君のためだからね。仕方がないね」

「それじゃあ頼む。俺が性欲を昇華できるようになるために協力してくれ」

「え？　昇華？」

「ああ。さっき岬ちゃんが教えてくれただろ。性の悩みを乗り越えるには二つの方向性があるって」

「そうだけど……」

「まさか岬ちゃんが、俺と信頼関係を育みながら、少しずつ性の体験を深めることに協力してくれるわけないだろう。そうなると、岬ちゃんが協力してくれるのは、自《おの》ずと後者の方向……つまり性欲の昇華であることがわかる」

「………」

「一日中、Pornhubを見てるからって、俺だって現実と妄想を取り違えるような異常者じゃないんだ。まさか岬ちゃんが、俺のごときひきこもりの動画中毒患者と、性についての体験を育んでもいいだなんて、そんな穢《けが》らわしい想いを抱いているわけがない」

「そっ、そうだよ！　佐藤君なんてね、本当はこの距離まで近づくのも嫌なんだから ね！　佐藤君なんか未来永劫《みらいえいごう》、誰とも深い仲になれないんだからね！」

「ああ……それはむしろ望むところでもある。ほんとに最近、嫌なんだよ、エロ動画を見るのが。男女の性的な活動は本当におぞましいぜ」

「だったら見なきゃいいでしょ！」

「それだ！　性的なコンテンツを見ない……今日からさっそく挑戦してみよう。だがイヤらしいものを見ないという消極的な意思だけでは、とても性欲を昇華できるとは思えない。どうすればいいと思う？」

「そんなの勝手に調べたらいいでしょ。まったく」

なぜか声に怒気をはらませながら、岬ちゃんは自分のスマホを公園のテーブルに滑らせ俺に渡してきた。

俺は岬ちゃんの顔でロックを解除すると、ブラウザで検索した。

『性欲　昇華　方法』

しばらくすると『自己改善により毎日を大切に生きる』というタイトルのサイトが見つかった。

解像度の低いロゴや、訪問者数を表すカウンターが設置されたデザインはとても古めかしく、事実それは二〇〇五年に開設された古《いにしえ》のサイトらしい。

しかし各コンテンツを読むにつれて、このサイトこそが今の俺が求めていた情報そのものであったと気づいた。

ページをスクロールする手が止まらなくなった俺に興味を惹《ひ》かれたのか、岬ちゃんは立ち上がって隣に来るとiPhoneを横から覗《のぞ》き込んだ。

「なにこれ？　オ……ナ……禁？」

「ああ……このサイトによればオナ禁を一ヶ月続けると、人間はものすごいプラスの効果を得られるらしいんだ」

「…………」

このサイトの体験談によれば、オナ禁が三十日を過ぎたあたりで、突然ある強烈な変化が現れるという。

『この世に怖い物がないという気持ちになりました。そして精神が異常に高ぶり信じられないようにいろいろと想像やアイデアが閃《ひらめ》きました。睡眠も1日3時間で十分という異常な状態がやってきたのです』

その驚くべき効果は『スーパーサイヤ人効果』と呼ばれていた。

燃え上がる『気』によって全身が光り輝いている自らの姿を脳裏に幻視した俺は、自らの青春を賭《か》けることにした。オナ禁に。

だが同時に、これはかつてどこかですでに歩んだことのある道であり、その道は恐るべき失敗という奈落《ならく》に続いている確信があった。

だがそのような失敗の確信など、弱気が生み出す幻想に過ぎない。良いことだけを考えよう。自らの心をかつてなく強く震わせるオナ禁のプラス効果一覧を、俺は読み上げた。

「し、信じられない。オナ禁にはこんなにも素晴らしい効果があるのか！　これなら性の悩みを超越できるだけじゃなく、ひきこもりからも完全脱出できるぞ！」

岬ちゃんはスマホを俺から取り去ると、丘の上の自宅に早足で帰っていった。

3

深夜、アパートに駆け戻った俺は、さっそくオナ禁の準備を始めた。

何事も事前の心の準備が大切であることは、岬ちゃんがカウンセリングのたびに読み上げてくれる各種の自己啓発書から、うんざりするくらい聞かされて知っていた。

そこで俺は、まず床に転がっているノートを手に取り、そこにオナ禁の目的と手段を書くことにした。

「ええと……俺のオナ禁の目的は……」

まず第一に、性の悩みを乗り越えることである。またそれにより、先輩に依頼された催眠音声を作り上げることである。

俺はその旨をノートに記した。

「…………」

だがこれ以上に魅力的な目的が今、俺の眼前にぶら下がっていた。それはオナ禁によって『スーパーサイヤ人効果』を得ることである。

伝説のオナ禁サイト『自己改善により毎日を大切に生きる』によれば、スーパーサイヤ人効果には多くのプラスの効果があるとされていた。

さきほど詳しく調べたところによれば、俺が岬ちゃんとのカウンセリング中に偶然見つけたそのサイトは、かつて日本のネット界にオナ禁ムーブメントを巻き起こした伝説的な禁欲サイトだった。このサイトによって何千、何万という男がオナ禁によってスーパーサイヤ人と化していった。
　そんな信頼性あるサイトに詳細に書かれているスーパーサイヤ人効果の数々を、俺は興奮に震える手でノートにまとめていった。

〜スーパーサイヤ人効果によって得られるもの一覧〜
・この世に怖いものがないという無敵感を得られる。
・精神が異常に高ぶりアグレッシブな性格になる。
・信じられないほどいろいろな想像やアイデアが閃く。
・睡眠も一日三時間で十分になる。
・行動力に溢《あふ》れ、常にやる気が漲《みなぎ》っているようになる。
・何もしていなくても楽しいと感じられる。
・電車やバスで女性が隣に座るようになる（これは『電車効果』と呼ばれている）。
・集中力が倍増することにより、仕事の能率・クオリティがアップする。
・とにかく運が良くなる（悪い出来事を回避）。
・顔付きが変わる。
・身体能力がアップする。

「凄《すさ》まじいな。今の俺にはどれも欠けているこれらの能力……それがすべてオナニーをやめるだけで手に入るとは」

湧き上がる高揚感と共に、俺は思わずゴクリと生唾《なまつば》を飲み込んだ。そのときだった。

俺は一つの直感的な閃きを得た。

このサイトに書かれているスーパーサイヤ人効果、それは逆に考えれば、どれもオナニーによって俺から奪われていた俺本来の力だったのではないか？

「そうだ……そう考えれば何もかもの辻褄《つじつま》が合う」

自慰行為を覚える前、俺の顔つきは可愛らしく清らかな天使のようだった。

自慰行為を覚える前、俺は毎日、日の出とともに目覚め、走って学校に登校し、一時間目の授業が始まるまで体育館で遊んでいた。

自慰行為を覚える前、俺には異性の友達が多くいた。

このような天国のごときプラス属性すべてが、自慰行為を覚えたことで何もかも無残にも失われてしまったのである。オナニーによって俺はダメになったのである。

ということは、オナニーをやめれば、失われたそれらすべての良き属性が、再び俺の下に戻ってくることは自明の理ではないのか？

「いや……それはあまりに早計に過ぎる。理論ばかりを先行させて現実から遊離してはいけない。あくまで実体験によって物事の真偽を確かめていかなければ。このフェイクに溢れる世の中では」

　ということで俺はさっそくオナ禁を始め、自らを被験者として効果の真偽を確かめることにした。

「………………」

　だが特に何もやることはない。とにかくオナニーしないことだけが今の俺に求められているすべてである。

「まあ一応、少し部屋でも掃除してみるか」

　いつだか岬ちゃんが読み聞かせしてくれた本、『風水で運気アップ！　お部屋の汚れは心の淀《よど》み』の内容を思い出した俺は、ざっと床のゴミを集めてゴミ袋に入れた。

「ふう……今日はよく動いたな。そろそろ寝るか……」

　長年にわたるひきこもり生活によって、俺の気力体力は衰えている。掃除などという前向きな行動を五分もすると、それで俺の一日は終わってしまうのだ。

　だが三十日後に訪れるスーパーサイヤ人効果を得た俺は、一日何ターンでもポジティブな行動を起こせるようになっているはずだ。

　黄金色の『気』に包まれ、無限に部屋掃除を続ける未来の自分の輝かしいヴィジョンを夢見ながら、俺は布団に潜るとまぶたを閉じた。

＊

オナ禁一日目から十日目は非常にきつかった。

五分ごとに性的な妄想が脳裏に渦巻き、俺を自慰行為に駆り立てた。

考えてみれば俺の人生の唯一の楽しみが自慰行為だった。それを奪われることは、生きる意味を奪われることに等しい。なぜ俺は生きているのか。もう死んだ方がいいのではないか。

俺はChatGPTに聞いた。

『生きる意味とは？』

すると様々ないい言葉が返ってきた。なるほどと思える言葉も多々あり、それによって俺は一時的に自慰行為への渇望を忘れることができた。

＊

オナ禁十日目から二十日目は非常にきつかった。十秒ごとに性的な妄想が脳裏に渦巻き、俺を自慰行為に駆り立てた。

人間の精神は作用と反作用によって成り立っている。何かを強く禁じれば禁じるほど、その何かに意識が集中し、その存在が心の中で増幅されるのだ。

だからもし本当に何かの行動をやめたいと望むのなら、それを禁じるのではなく、ただ忘れる、あるいはスルーするといった、反作用を生まない心の使い方によってそれを成し遂げる必要があると思われた。

だが、すでに俺は『禁じる』という手段によって性欲を超越するワークを始めてしまっていた。始めたものは最後までやり遂げる必要がある。

「………………」

『最後』が何を意味しているのかはわからない。どうせろくなことではないだろう。だとしても、とにかく俺は前に進まなくてはならない。

俺は禁欲に役立ちそうな本をAmazonで探した。

『やさしい！　ブッダの教え』なる本をダウンロードして読んだことで、わずかに力づけられた感はあった。

しかし二千年以上前の教えが、Pornhubの吸引力に勝てるかどうか、それは未知数である。

＊

オナ禁の二十日目から三十日目には、かつてない何かが俺の身に起こっていた。

『ブッダの教え』が、少しずつ俺の心の中で力を持ちつつあるのが感じられた。

さらにコンビニ帰りの夜道を歩いていると、世界の見え方が今までと変わっていることに気づいた。

いつもの夜の歩道の草木、その輪郭がうっすら淡く輝いている。

VRゴーグルを被《かぶ》りすぎて視力が悪くなったのか？　いや、むしろ視力は良くなっている。近くのものも遠くのものも、かつてなくクッキリと鮮やかに見える。

また、下腹部にかつてない生命力が満ちているのを俺は感じた。

どことなく頭の回転が早くなっている気もする。

一足す一は二、二足す二は四……演算スピードにも明らかな向上が認められた。

しかもアイデア発想力までもが高まっていた。隠された真理がいくつも脳裏に浮かんできた。

「そうだ……今の俺に起きている事象……これはオナ禁によって『気』が溜《た》まったことに起因しているんだ」

そんな深遠な理論がすぐに閃《ひらめ》いた。また直感的にその理論は真であるとわかった。

『『気』……そう……俺は今まで西洋文明に毒されすぎていて、この人間本来の不思議な力を忘れていたんだ。人間にはまだ理解されていない謎の力が眠っており、それがオナ禁によって蘇《よみがえ》るんだ」

ネットで調べてみると、いくつもの同意見が反響するエコーのように見つかった。なんでも人体にはチャクラというものがあり、七個あるそれに気が満ちることで、人は超能力を得るとのことである。

特に六つ目のチャクラ……アジュナ・チャクラに気が満ちると、額のサードアイが開き、エーテル視力を獲得できるとのことである。

「そうか……夜道がなんとなくキラキラして見えたのは、俺のサードアイがオナ禁で開きつつあるということなんだな……」

ここで俺はさらなる驚くべき仮説に達した。

「つまりオナ禁によるスーパーサイヤ人効果とは、それまでオナニーによって失われていた『気』が、各チャクラに満ちていくことによって、超能力が覚醒《かくせい》するということだったのか！」

わかってしまえば、それはあまりに簡単な真理であった。しかしこの真理を理解することは、現代社会においてはあまりに難しい。

なぜなら我々は、性的コンテンツの中毒になるように幼少期から条件付けられているからである。

何か恐るべき『巨大な力』が人類に働きかけており、その悪の力によって俺はオナニー中毒にさせられ、俺自身の真の力を剝奪《はくだつ》されてきたのである。

だが、俺のような男の中の男だけがオナニーをやめることができる。そのとき人は、自らの中に眠る本来の力に目覚め、それによって内なる『スーパーサイヤ人』に覚醒するのだ。

今、ふつふつと俺の中に強い力が目覚めつつあった。

それはもしかしたら、さきほどKindle Unlimitedでダウンロードした書籍『簡単！誰にでもわかるチャクラ入門』によって理論的に説明できるかもしれない。

すなわち脊柱《せきちゅう》の最下部にあるムーラダーラ・チャクラ、その中に眠っている生命力の根源、クンダリニーなる神秘の蛇がオナ禁によって覚醒し、頭頂部のサハスラーラなる千の花びらを持つチャクラへと上昇を始めた気配を俺は今、感じつつあるのかもしれない。

その証拠に、ただ布団に座って、さっきコンビニから買ってきたエナジードリンクを飲んでいるだけなのに、内なる獣が目覚めるがごときゾクゾク感が、俺の背筋を駆け上っているではないか。

「来た……来たぞ……スーパーサイヤ人効果が！」

今、カーテンから差し込む日差しが朝のものか夕のものかもわからない。それもまた今の俺がオナ禁によって時間を超越したことの証拠である。

そう、人の時間感覚なるものは脳の生み出す幻想なのだ。それはオナニー前とオナニー中とオナニー後のコントラストによって人為的に生み出されている社会的な錯覚だったのだ。ならば自慰行為をやめれば時間の流れが止まることは道理であり、それこそがマインドフルネスな『今ここ』に生きる生き方だったのだ。

この高度に高まったコンシャスネスを用いて俺は布団から立ち上がり、おもむろに部屋の掃除を始めた。その掃除行為は信じがたいことに五分以上も続いた。

「す、凄《すさ》まじい力だ……何をやっても長続きしない俺が、こんなにもエネルギッシュに一つの行為、しかも自らの生活を改善する前向きな行為を続けられているだなんて」

何もかもオナ禁のおかげだ。俺を縛り、俺の力を奪う不可視の鎖からオナ禁によって解き放たれた俺は、自らの意思に基づいて自らの生活を新しく形作る力を得た。

これから俺はこの力を思うがままに振るい、部屋の外に出て、就職して、ちゃんとした人間になる。そう、俺はもうひきこもりをやめて真人間になる！

「………」

その決意の一方で、俺は脳の片隅で計算していた。

『上がったものは必ず下がる』

すなわち今、オナ禁で俺のテンションは一時的に上がっているが、それは必ず落ちるということである。しかも俺の精神は今、かつて昇ったことのない高みにまでオナ禁によって高められている。

一ヶ月におよぶ禁欲によって稼いだ位置エネルギーによって、まもなく俺はかつてない激しさで地の底へと落下するだろう。

『落下のトリガー』が引かれるのは間もなくのことに思えた。

「………」

だがその『落下のトリガー』は、俺の予想を遥《はる》かに超えて強烈なものだった。

オナ禁を始めて三十日目の夜、先輩からの着信があった。

「佐藤君」

「先輩。どうしたんですか？」

「私……ここ一ヶ月、ずっと続けてきたのよ。会社で働くだけじゃない、自分が本当にやりたい活動を」

「へ、へえ、偉いじゃないですか。実は俺もですね、この一ヶ月、とある活動を続けていて……いや、正確にはとある活動を禁止していて……それによって俺は強いパワーを手に入れて……」

「私はね、もう疲れちゃった」

「…………」

「自分一人でできることは何でも試したわ。だけどもう無理。アクセス数もぜんぜん増えないし、私一人じゃもう前に進めない。だからね……私、協力者を募ろうと思うの」

「きょ、協力者と言いますと？」

「今ね、私はとある『映像コンテンツ』を作ってるんだけど、身近な親しい人に、その助手を頼もうと思っているのよ」

瞬間、俺の脳裏に、先輩とその婚約者が作り上げるカップルエロ動画のヴィジョンがありありと上映された。

そして、そのラブラブかつハードコアな動画を、俺が薄暗いアパートで一人ＶＲゴーグルを被って涙を流しながら鑑賞する……そんな地獄絵図がありありと想起された。

4

胸にナイフが突き刺さったかのごときほぼ物理的な痛みを感じた俺は、適当なことを言って急ぎ通話を切ると、布団を被って目を閉じた。

しかし脳裏に浮かぶ先輩と婚約者のカップルエロ動画は刻一刻とリアルさを増していき、それは俺の脳を破壊し、俺の自律神経を狂わせ心臓の鼓動を乱していく。

俺は一ヶ月のオナ禁で培った力を使って、精神を統御しようと試みた。

「マインドフルネスを保つんだ！　『今この瞬間』の安らぎに集中するんだ！」

俺は完全なる禁欲を一月続けるという超人的な偉業を成し遂げるために学んだ仏教の深遠なる教えを心に呼び起こし、苦の原因である妄想を断とうとした。

「そうだ、あらゆる苦は自分の心が生み出している妄想に過ぎないんだ！　心を鎮め、現実に立脚していない幻を断ち切れば、そこにはただ平安に満ちた今この瞬間だけが残されるんだ！」

だがよく考えてみれば、先輩に婚約者がいることは事実であり、過去にも先輩が数多くのいい男と付き合ってきたことは事実である。死ね、全員死ね。死ね死ね死ね死ね死ね死ね。

「だ、ダメだ……ポジティブシンキングを保て！　先輩が婚約者とカップルエロ動画を作ることのポジティブな側面を探すんだ！」

そう！　どんな物事にも良い側面がある。もちろんカップルエロ動画を作ることにも利点が多々ある。

例えばカップルであれば互いの信頼関係によって、のびのびとしたオープンな雰囲気での動画撮影が可能であろう。

そのようにして撮影された動画には、真のリアルさとエロさがチャージされている。その『真のエロさ』に意識を集中することで、胸の痛みを忘れることができるはずだ。

「よし……いいぞ！　オナ禁を成し遂げるために心のコントロール法を学んだことは何一つ無駄じゃなかったんだ！」

だが気を抜けばすぐにまた心の痛みがぶり返し、どす黒いコールタールのごとき嫉妬《しっと》が俺を覆い尽くす。

その心の闇に抗《あらが》い、物事のよりポジティブな側面に集中するため俺はVRゴーグルを被った。

確かに先輩は今、婚約者とカップルエロ動画を作っているかもしれない。

だがこの広い世界には、他にも無数のカップルが存在しており、そいつらは今この瞬間も新たなカップルエロ動画をジェネレートしているのである。

それを俺は、このVRゴーグルを通して味わうことができるのである。そのリアルなVR体験はもはや現実と等しいと言って過言ではない。

ゆえに俺は世界のカップルと一心同体なのであり、彼らとワンネスを共有する宇宙の仲間なのであり、それゆえに俺が先輩の婚約者に嫉妬する必要など、何一つ無いのである。

そういうわけで俺はVRゴーグルを被るとブラウザを起動し、三つのウィンドウすべてにPornhubのカップルエロ動画を配置し、その高解像度の動画が持つハートフルな雰囲気に意識を集中させた。嫉妬によって壊れた俺の脳を愛情成分によって癒《い》やすために。

だがカップルエロ動画を観ても、なかなか俺の脳は癒やされなかった。

むしろカップルエロ動画を観れば観るほど、焼け付くような悲しみと性欲が焦熱を発し、それは俺の心に埋めがたき欠乏の地獄の穴を穿《うが》っていった。

「だ、ダメだ……このままでは頭がおかしくなる……早くなんとかしないと……」

俺は自分の中に残るギリギリの正気を集めて、今の自分に実行可能な正しき行為を探した。

仏教においてもインドの叡智《えいち》のヨガにおいても、正しき行いによって自らの心を律することで、正しき道を歩むことができ、それによって真の平安が得られるとされている。

ゆえに俺は今こそ正しい行為をして、道を外れそうになっている自分を正道に戻さなくてはならない。

そのために俺は今、何をすればいいのか？

「そ、そうか、わかったぞ……俺の欠乏感を埋めるには、たった三枚のカップル動画では足りないんだ。圧倒的に量が不足しているんだ。だったら一度に表示できる動画の枚数を増やせばいい！」

それはわかってしまえばあまりに簡単な真理であった。だが手持ちのＶＲゴーグルのブラウザで、一度に表示できる画面は三枚が限界である。

どうすればいいんだ……どうやってカップル動画の表示枚数を増やせばいいんだ……？

その解決し難い問題に直面した俺に天啓が訪れた。

「そうか……標準ブラウザじゃなくて、Immersedを使えばいいんだ。高性能ＶＲオフィスアプリのImmersedならＰＣ画面を最大五枚のバーチャルスクリーンとしてＶＲゴーグル内に投影できる」

俺は標準ブラウザを閉じてImmersedを起動した。そして山崎から借りているMacbookをＶＲゴーグルに繋《つな》げ、その画面をImmersed内に表示した。

だが無料版では三枚までしかバーチャルスクリーンを作ることができない。俺は間髪容《い》れずPaypalを通じてImmersedの有料アカウントに課金した。すると即座に五枚のバーチャルスクリーンがアンロックされた。

「これなら……！」

俺は自らの視界を埋め尽くす五枚のバーチャルスクリーンにブラウザをフルスクリーンで立ち上げ、そこに動画を次々と再生していった。心の痛みを癒やすために。埋めがたい欠乏感を埋めるために。

だがどうしても心の痛みは消えない。

五枚のエロ動画でも、まだ数が足りないというのか？

「しかしImmersedでもバーチャルスクリーンは五枚が限界だぞ。これ以上、どうやってエロ動画の同時再生数を増やしたらいいっていうんだ？」

解決し難い問題に直面した俺に天啓が訪れた。

「そうだ……バーチャルディスプレイ一つに対し、ブラウザを四つ表示すればいい。そうすれば五かける四で二十個ものカップルエロ動画を同時再生できるぞ！」

俺はさっそくブラウザをそのように並べようとした。だがVRゴーグルを被ったままMacbookのトラックパッドを精密操作するのは至難の技であった。そこで俺はAppStoreからMagnetという高性能ユーティリティアプリをダウンロードしてインストールした。

「よし、このMagnetならショートカットひとつでウィンドウを右上、右下、左上、左下に四分割して配置できる。これならカップルエロ動画、夢の二十個同時再生がいともたやすくセッティングできるぞ！」

その宣言通り、俺の視界を覆い尽くすディスプレイ群にブラウザが精密に四分割されて配置され、そこで二十組ものカップルらが愛のある性行為を繰り広げはじめた。

しかし俺の心の渇きはどうしても癒えることがなかった。むしろ俺の視界を埋め尽くす世界中のカップルたちが歓喜の声を上げるごとに、燃え盛る地獄の門のごとき俺の心の穴は、深く大きく埋めがたいものになっていった。

「ど、どうすればいいんだ？　これ以上は何をどうしても動画数を増やすことはできないぞ。VRゴーグルに繋げたMacbookの処理能力も限界だ」

処理落ちしてカクついている動画に同期して、今、俺の脳も処理落ちを始めた。ぶつん、ぶつんと細切れで意識が飛ぶ。

その脳の変調を無視しつつ、俺は動画同時再生数を増やす方法を模索した。それは天啓として俺に与えられた。

「そうだ！　俺一人では二十枚しか動画を再生できないなら、俺の数を増やせばいいんだ！」

むろん物理的に俺の実体を増殖できるわけではない。だが最近、俺は夢の中や大麻を吸っての変性意識状態において、『他の宇宙で生きている俺』のイメージをよく見る。

他の宇宙の俺も基本、エロ動画を見るだけの人生を送っている。よって彼らの助けを借りれば、エロ動画同時再生数を増やすことは簡単だ。

「よし……そうと決まればまずは大麻だ」

俺はすばやくVRゴーグルの側面をダブルタップしてパススルーモードに入ると、ゴーグル内に表示された俺の部屋のゴミをかき分けて大麻のジョイントを探した。すぐに見つかったそれに火をつけ、深く煙を吸い込みつつパススルーモードを終了し、また視界全面をエロ動画で覆いつくす。そして、ぶつんぶつんとコマ落ちする動画のコマとコマの隙間、存在と存在の間隙、何もない無に意識を向けた。

その虚空の中に妹がいた。

俺の心の中の虚無、その中で妹は縁側に座ってスイカを食べていた。

「どうしたのお兄ちゃん」

日本家屋の縁側で日差しを浴びながらスイカを食べていた妹は、俺に気づくと振り返ってこちらを見た。

ツインテールが揺れて俺をくすぐる。

俺は胸に手を当てて訴えた。

「心が痛いんだ。この痛みを止めるために強烈な快楽が欲しいんだ。そのためにアクセスしなくちゃいけないんだ。別の俺の可能性に」

「ふーん。自発的にパラレルセルフにアクセスしたいってわけね。お兄ちゃんにはまだ早いと思うけど、緊急事態のようだし、まあいいでしょう。手伝ってあげる」

「どうすればいいんだ？」

「まず私という二次元存在に意識を向けて……さらに日本家屋のことも私の姿も忘れて、一次元の虚無に心を開放して……はい、よくできました。今、お兄ちゃんは虚無の海、無限の可能性のプール、三千世界へのハブに接してるよ。ここからなら、どんな意識にも簡単にアクセスできるよ」

先日読んだ『大乗仏教　その空と無限が二時間で分かる本』の内容を思い出しつつ、俺は脳内でそんな会話を組み立てた。

さらに俺は先日、深夜のコンビニで立ち読みした雑誌を思い出した。

それは運気を高めるための手法が書かれたオカルト雑誌であり、その理論的支柱として、明らかにまともな科学理論に立脚していない、雰囲気的な量子力学を援用していた。

その雰囲気的量子力学によれば、宇宙は無限に存在しているとのことだった。しかもあらゆる並行宇宙に俺のあらゆるバリエーションが存在しているとのことだった。さらにその気になれば、人は他の宇宙に生きている他の自分にアクセスし、そこから情報やエネルギーを自在に引き出すことができるとのことだった。

また比較的まともな科学ニュースサイトで最近読んだ記事のことも思い出された。

その記事には、ロジャー・ペンローズの量子意識仮説を支持する発見がつい最近あったと書かれていた。

すなわち、カナダのアルバータ大学とアメリカのプリストン大学で行われた研究により、脳細胞内の微小管で量子効果が起きていることが観測されたとのことだった。それは量子意識仮説の信憑性《しんぴょうせい》が、かつてなく高まったことを意味していた。

だとすれば我々の脳は常に量子計算しており、それゆえに我々の意識は本来、量子力学的に他の並行宇宙や他の自分にアクセスできる力を持っているのかもしれなかった。

だがそのためには、意識を特定の変性状態に調整する必要があるのは、これまでの俺の実体験によって確かめられているとおりである。

「準備はいい？　行くよ、お兄ちゃん」

「ああ、頼む……」

この救いがたい心の穴を埋めるため、俺は今、持てる力すべてを使って並行世界の俺に繋がろうとした。

MacbookとVRゴーグル、そこに金剛界曼荼羅《こんごうかいまんだら》のごとく配置された仮想ディスプレイ、そして大麻と妹と二次元と一次元の力すべてを使って、俺は並行宇宙に存在する俺に繋がり、彼らの力を総動員して、カップルエロ動画の同時再生数を増やそうとした。

すると心の中の虚無の海に、何者かの意識のシグナルを感じた。そのシグナルは間違えようもない、明らかに並行宇宙の俺たちであった。

軽く閉じた俺のまぶたを叩《たた》くカップルエロ動画の光の明滅を脳に感じながら、俺は想像力を最大レベルでブーストし、虚無の海の向こうにいる無数の俺を感じ、彼らと繋がろうとした。その試みは成功し、俺は今、彼らの生活を感じとることができた。

彼らは汚い部屋にひきこもり、一生、オナニーを続けていた。億千万の俺たちは薄暗い部屋で、Pornhubを観て必死にオナニーしていた。なぜなら俺たちにできることはオナニーだけだったから。どの宇宙でも俺たちの人生は終わりのないオナニーだった。

この無限の宇宙の可能性の中で俺は部屋に閉じこもりオナニーを続けていた。永遠に。

永遠にだ。

この快楽、この究極の興奮がわかるだろうか？

今や脳と脳、心と心が繋《つな》がった無数の俺たちが、その無限よりも遥《はる》かに大きな量のカップルエロ動画を観て圧倒されながらも、脳を壊し胸を痛めつつ己が性器を摩擦している。それによって得られる快楽、すなわちマルチバーサル・セルフプレジャーが今、怒濤《どとう》の津波のようにあらゆる宇宙の俺を呑《の》み込みつつある。

今この瞬間にも先輩が見知らぬ男とカップルエロ動画を作っているかもしれない。その事実がもたらす苦しみを性的興奮へと昇華させながら、自らの脳を生贄《いけにえ》の供物と捧《ささ》げながら、俺は究極の快楽をジェネレートしていく。

持たざるものにしかわからない快楽があるのだ。手に入れられないとわかっているからこそ生じるこの暗い絶望、ここからのみ生まれる非人間的な快楽があるのだ。この地獄の炎のごとき快楽は今、無数の俺によって構成された俺のネットワークの全ノードに燎原《りょうげん》の炎のごとく広がり、各員の脳を強すぎる刺激によって発火させていった。

そして今、ついに俺の番が来た。次々に地獄の炎に焼かれてネットワークから寸断されていく他の俺の意識をわずかに感じながら、この俺もまた果てて朽ちた。

＊

VRゴーグルを脱ぎ捨てる。

「も、もうダメだ……」

禁欲によって生じた躁《そう》の高みから鬱《うつ》の底へと叩きつけられた。その俺を寒々と荒涼とした汚い部屋が取り囲んでいる。

仕事もなく金もなく何のやる気もない。

未来が見えない。

生きていく自信がない。

「死にたい……今すぐ死にたい……」

だが俺は死なない。

かつて約束したからだ。

夜の冬の海を見下ろす崖《がけ》の上で。

それは先程の妄想の中で見た夢だったかもしれない。

この俺が誰かを大切に思い、その人のために生き抜こうと思うだなんて。

そんな世界が本当にあるとは信じられない。

だが俺は確かにそれを知ってる。

俺は約束したんだ。

だから俺はその約束を絶対に守る。

俺は絶対に死なない。

なぜなら俺は君に死んでほしくない。
だから俺は死なない。
俺はその約束を守る。
なぜなら君を悲しませたくないから。
この世をはかなみ悲観させたくないから。
だから見ていてくれ、俺はここで永遠に生き抜く。
何があろうと、決して死なない。
こう見えても、しぶとさだけには自信があるんだ。

＊

だが、生きていく。
だとしたら、何をして生きていけばいいのか。
指を動かすのもダルいこの虚脱の中で。
「…………」
とりあえず俺は、目の前に転がる穢《けが》らわしいVRゴーグルを片付けようとした。
そのついでに差し迫った作業を片付けようとした。
差し迫った作業といえば先輩への催眠音声作りである。

先輩は自分を肯定できるようになる催眠を所望していた。

だがオナ禁の失敗で、俺の創作力はマイナス五億ポイントにまで下がっている。

高度な集中力を要する催眠音声制作など、今の俺にできるわけがない。

だから俺は愚直に、ただのメッセージを録音して送ろうとした。先輩を肯定するメッセージを。

だがそのためにはまず、自分の状態を肯定する必要がある。自分を肯定せねば、他人を認めることなどできない。

「…………」

俺は今の自分のありのままを認めた。

オナニーして虚脱している俺、これこそが俺だ。

俺はこの俺を認める。

それから俺は、先輩のありのままを認めるメッセージを録音して送った。

あなたが何をしても、それをあなたとして認めるという内容のメッセージを俺は送った。

＊

メッセージを送った直後、先輩から着信があった。

「ちょっと佐藤君、なにあのメッセージ。佐藤君に認められても何も心に響かないんだけど」

「…………」

「私は世界を相手に戦ってるのよ。なのに佐藤君はどうせ部屋でゴロゴロしてたんでしょ。そんな佐藤君にただ口頭で応援されてもね。何のありがたみもないいんだけど」

ひどすぎる。

俺なりにここ一ヶ月、先輩のために必死で頑張ってきたというのに……。

いや、実情を振り返ればただ一ヶ月、ひたすら暗い部屋でゴロゴロして、その挙げ句にオナニーして鬱になっただけか。

そんな俺の励ましメッセージなど、確かにデバフ効果を持った呪いのメッセージにすぎない。そんな気がしてきた。

「本当に佐藤君はダメね。頼まれた仕事もできないなんて、社会じゃやっていけないわよ」

「す、すみません……」

「まあいいわ。そんなことよりね、ちょっと頼み事があって電話したのよ」

「頼み事……と、言いますと」

「前にも言ったけどね、私、今、とあるプロジェクトを進めてるのよ。だけど自分ひとりじゃ限界を感じてるのよね」

その話を聞いた瞬間、また俺の脳裏に先輩と婚約者のカップルエロ動画が再生され、俺の胸は物理的に痛み、脳細胞が次々に死滅していくのが感じられた。

「ううう……」

先ほど送ったメッセージでは、先輩のやることを俺は何でも肯定すると言っていたが、それはあくまで理論上の話に過ぎない。

俺の感情は断固として先輩と婚約者のカップルエロ動画がこの宇宙に生じることを拒絶していた。

やめてくれー！

頼むからもうやめてくれ。

だが俺の願いを無視するかのように先輩は言った。

「そこで私は決意したのよ。今日こそ協力者を作るってね」

瞬間、俺の脳細胞の大きなクラスターがごっそりと自死を選んだのが感じられた。なぜなら『今日こそ協力者を作る』とは、この通話が切れたあとで先輩と婚約者がカップルエロ動画の撮影を始めることを意味しているからである。

そのようにして撮影されたカップルエロ動画は、Pornhubにアップされるだろう。そして俺はそのハートフルかつハードコアなエロ動画をVRゴーグルで涙を流しながら観るだろう。その未来が今、確定したのである。

「ううう……うう」

さきほど俺は絶対に死なないという決意を固めたが、それはあくまで理論上の話に過ぎない。

実際に先輩とその婚約者のカップルエロ動画を観たら、俺は死んでしまう可能性が高い。

生命の危機に接した俺の心臓が脈を早めた。

だが先輩の次の言葉を聞いたとき、俺の心臓はそれまでの比ではないほどに強くドクドクと脈を打ち始めた。

「お願い、佐藤君。私のプロジェクトに協力して」

第五話　クラブルームと性の深淵

1

「お願い、佐藤君。私のプロジェクトに協力して」

「え、ええ……」

「じゃあ細かいことはあとで伝えるわね！」

先輩との通話が終わると、夜の六畳一間は沈黙に包まれた。

「…………」

先輩のプロジェクトに協力するとは、先輩のエロ動画撮影に、この俺が協力するということである。

意味がわからない。

俺が？

先輩のエロ動画撮影に協力する？

頭がおかしくなりそうだ。

宇宙の法則が乱れ、あり得ないことが起ころうとしている。それは俺を恐れさせた。

「…………」

第一次世界大戦の塹壕《ざんごう》戦において、砲撃の恐怖を紛らわせるため編み物をする若者がいたという。

同様に俺も、何か細々とした手作業をして心を落ち着かせたい。

「そ、そうだ……催眠音声のシナリオを書かなくては」

俺は震える手でパソコンを開くと、山崎とのプロジェクトに意識を向けることにした。

この一ヶ月間、なにも俺はオナ禁ばかりしていたわけではない。

日に日に高まりゆく性欲と戦いながらも、その合間合間に、俺なりにプロジェクトを進めようと頑張っていたのだ。

DLsiteで売る催眠音声のための、エッチなシナリオを書こうと頑張っていたのだ。

それはとてつもなく大変な作業だった。なぜならエッチなシナリオを書くには、エッチなことを考えなければいけないからである。

俺は考えた。エッチな妹が、少しずつエッチな体験の深みへと視聴者の手を引いて導いていくことを。

だが『エッチな体験の深み』を具体的に想像しようとすると、俺のオナ禁が崩壊しかけた。

少しでも脳内にエッチなイメージを想像すると、オナ禁によってパンパンに膨れ上がった俺の性欲が、その時点で破裂してしまう。それゆえ俺は『エッチな体験の深み』を、抽象的にフワッと表現するべくキーボードを叩《たた》いた。

『妹の声：お兄ちゃん。今日は生命の神秘を一緒に体験しようよ！』

いつもの日本家屋の縁側で、夏の日差しを浴びた妹は白いワンピースを着ている。日に焼けた彼女はかぶりついていたスイカを縁側に置くと、サンダルをひっかけて庭に飛び降り、軒下に咲く一輪の花を摘んで俺に差し出した。

蟬の音に包まれながら妹の贈り物を受け取った俺は、蜜蜂《みつばち》がその花弁に潜り込むのを微笑みながら眺める。

そのようなシナリオを山崎に送ると、どん、という壁を殴る音とメッセージが返ってきた。

『久しぶりにシナリオを送ってきたと思ったら、なんなんですかこれは！』

『見たらわかるだろ。エッチなシーンだよ』

『これのどこがエッチだというんですか！　ふざけないでくださいよ！』

どうやら山崎は文章読解力が低いらしい。俺が書いたテキストに濃密に溢《あふ》れる性表現を、読み取る能力を持っていないようだ。

興ざめではあるが、俺は花弁や蜜蜂が何を象徴しているのか、学のない隣人に解説した。

どおん、というさきほどより大きな壁を殴る音が返ってきた。

『あんた、佐藤さん！　いい加減にしてくださいよなあ！　そんな古臭い文学的表現で、この令和の男がエキサイトできると思ってるんですか！』

『でっ、できるさ！　俺を信じろ、俺たちで性表現の新境地を切り開くんだ！』

オナ禁による全能感がもたらす熱っぽい説得により、山崎は納得した。

『そうまで言うなら任せます。最後まで完成させてください。絶対に締め切りは守ってくださいよ！』

『締め切り？』

『ええ。待てるのは一ヶ月が限度です。それは奈々子が出してきた条件のせいだけじゃありません。僕が実家を説得するタイムリミットでもあります』

『そ、そうだったな……この催眠音声を金にしないと、山崎は実家に帰らなきゃいけなくなるんだよな』

『佐藤さんだって、もうすぐ仕送りが止まるんですよね。お金、必要でしょう？』

『わ、わかった。必ず金になるシナリオを書いてみせる。だから一ヶ月だけ待ってくれ』

山崎にそう伝えると、俺はオナ禁を続けながら、名もなき妹とのエッチ体験のシナリオを書き続けた。

そのシナリオは実のところすでに完成していた。あとはこれを山崎に送るだけでいいのだが……念の為、もう一度、頭から読み返してみよう。

俺は汚らわしいVRゴーグルやゴミクズを片付けて態勢を整えてから、アパートのちゃぶ台で自作のシナリオを読み返してみた。

頭を抱えた。

「だ、ダメだ……何一つエロくない……」

オナ禁しているときは、シナリオの中に頻出する『花』という単語を見ただけで、俺のパンパンに膨れ上がった性欲が破裂しそうになっていたというのに。

さきほどのマルチディメンショナル・セルフプレジャーによって性欲が空と化した今となっては、『雌しべ』や『雄しべ』という単語を見たところで、ピクリとも気持ちが動かない。

むしろ日本家屋に住む主人公と妹の平和な生活を、いつまでも眺めていたい。そんな気持ちになる。だがそれはいわばエキサイトの反対、ピース&カームである。

「終わった……こんなものがエッチな催眠音声に使えるはずがない。全消去だ。全消去……」

俺はcommand+Aを押してテキストを全選択すると、Deleteキーを押そうとした。

そのときだった。

背後に何者かの気配を感じた。

振り返ると、そこにいたのはいつものTシャツを着た岬ちゃんだった。また勝手に俺の部屋に入ってきやがって……。

「佐藤君……よかった……久しぶりに見てくれたね、私のこと」

岬ちゃんは、まるで十年ぶりに再会した友人のごとき感極まった顔で俺を見た。

「あ、ああ。そういえば……」

俺はオナ禁中も一応、岬ちゃんのカウンセリングに顔を出していた。しかしオナ禁によって性欲が高まっていくにつれ、岬ちゃんを直視するのが苦痛になっていった。

夏の夜……公園の街灯に照らされた岬ちゃん、その手足、顔、声、存在、すべてが魅力的に見え、彼女の瞳《ひとみ》を一秒直視するごとに五十パーセント、俺のオナ禁失敗率が高まった。

俺は先日読んだ『やさしい！　ブッダの教え』を思い出した。それによれば、修行中の釈迦はマーラなる恐るべき悪魔にエッチな誘惑を受けたという。俺も岬という娘を前にしてオナ禁の決意が激しく揺らいだ。

だがその俺のオナ禁を救ったのはやはりブッダの教えだった。紀元前のある日、性欲に悩む弟子にブッダが簡潔なアドバイスを与えた。

『女を見るな』

その教えは時を越え、俺のオナ禁をサポートした。

女を見れば情欲の炎に焦がされる。だが女を見なければ炎に焼かれることもない。

俺は岬ちゃんをできる限り直視しないようにした。どうしても目を合わせてしまったときは、ピントを無限遠に合わせた。すると俺の視界の中で岬ちゃんの姿はぼやけ、オナ禁への悪影響は薄らいだ。

もっともそんな俺の様子は、岬ちゃんから見ると少し異様なものであったかもしれない。

この一ヶ月間、ぼやけた視界の中で岬ちゃんは『佐藤君、しっかりして！』だの『お願い、元に戻って』だの訳のわからないことをわめいていた。

さらに今、俺のアパートに無断で入ってきた岬ちゃんは、胸に『鬱《うつ》症状との付き合い方』という本を抱えている。

「先に言っとくけどな、俺は別に鬱でもなんでもないからな」

「嘘。ここしばらくずっと、能面みたいな顔で、私が話しかけても反応が鈍くて、まるで生きた屍《しかばね》だったよ。今夜もいつまで経ってもカウンセリングに来てくれないし」

「すまん。行くか」

俺は外出用のジャージを羽織ると岬ちゃんと共に部屋を出た。公園への道すがら彼女に語る。

「この一ヶ月……俺はオナ……修行生活を続けていたんだ」

「本当にやってたんだ、あれ。私のスマホに検索履歴が残ってたから私も少し調べてみたけど、意志の弱い佐藤君には絶対に無理なことだと思ったよ」

「俺だってやるときはやるさ」

「別に佐藤君が何をしようと勝手だけど、なんであんなに私から目を逸《そ》らしてたの？

失礼だよ」

岬ちゃんは頬をふくらませた。

「それは……岬ちゃんを直視すると刺激が強すぎて、俺の禁欲が失敗しそうになるからな。だからずっと目を逸らしてたんだ。心配かけたなら謝る」

俺が公園のベンチに腰を下ろしながらそう言うと、向かいに座った岬ちゃんの顔が瞬く間に赤くなっていった。

失言だった。

オナ禁の終了によって緊張が解けたせいで、つい素直すぎる言葉を吐き出してしまった。

「…………」

俺の顔もかっと熱くなっていく。

さらに冷や汗が脇を伝う。

俺がいつも気持ちの悪い目で岬ちゃんを見ていることがばれてしまった。岬ちゃんが俺の性欲を強く刺激するという事実を本人にばらしてしまった。

終わった。

この女子高生と俺のささやかで微笑ましい関係性は、俺のどす黒く汚い欲望の吐露によって、今夜あえなく消滅してしまうことになったのだ。

「はあ……」

俺はため息を一つついてから、おそらくもう二度とこの公園に現れることはないであろう女子高生に、今のうちに言っておくべきことを言っておくことにした。

「すまなかった。それにありがとう。岬ちゃん」

「ん？」

岬ちゃんの顔はまだ赤かったが、彼女は伏せていた目をこちらに向けた。

「いや……いろいろ迷惑かけたこと、謝っておこうと思って」

岬ちゃんは俺をじっと睨《にら》んだ。

「それはそうだよ。佐藤君は本当に、いつも迷惑ばかりかけてるからね。一ヶ月も目を合わせないとか、最低最悪だよ」

「だからそれは刺激が強すぎるからだって言ってるだろ！」

「なにさ。人のせいにして」

「す、すまん……」

「今はもう私を見て平気なの？」

「ま、まあな。無理な修行はよくないとわかった」

「それがいいよ。佐藤君は自然なダメ人間のままが一番いいよ」

岬ちゃんは鞄《かばん》からどさどさと自己啓発書を取り出してテーブルに積むと、今夜の講義を始める様子を見せた。

「…………」

どうやら俺たちの関係性は、まだ崩壊しないらしい。

俺はもう一度、心の中で岬ちゃんに感謝すると、今夜のカウンセリングを受けた。

2

岬ちゃんのカウンセリング、その内容よりも、毎夜、同じことが繰り返されるループそのものが、俺の心に安心を与えていった。

オナ禁の失敗によってささくれていた俺の心が、すでにどこかで耳にしたことのあるような自己啓発書の朗読によって、フラットに落ち着いていく。

だが……。

「はい。これで今夜のカウンセリングはおしまいです。また明日《あした》も来るように」

岬ちゃんが自己啓発書を鞄にしまいつつ放った『明日』という言葉が、俺の気持ちを氷点下に落ち込ませた。

「はあ……」

思わず大きなため息が口をついて出る。

「どうしたの、佐藤君？　何か心配事？」

岬ちゃんが興味深そうにテーブルに身を乗り出してきた。

俺は藁《わら》にもすがる気持ちで、自分が抱えている問題を岬ちゃんに吐露した。

「エッチな催眠音声のシナリオを締め切りまでに作らないと、山崎は実家に帰り、俺は家賃が払えなくなってしまうんだ。締め切りは明日だ」

「大変だよ！　今になるまで何してたの？」

「俺だってずっと遊んでたわけじゃない。オナ禁……いや、修行しながら書いたテキストはある」

「それを山崎君に提出すればいいでしょ」

「いや、それが……修行の悪影響で、ぜんぜんエッチなテキストにならなかったんだ」

「そうなの？」

「ああ。明らかに山崎が要求するエッチさの水準に達していない。こ、こんなことならオナ禁なんかしないで、真面目にエッチなシナリオを書いてればよかったんだ！　オナ禁したせいで俺の人生は何もかもめちゃくちゃだ！」

　俺は頭をかきむしり、テーブルにうなだれた。

　いつも俺のやることはうまくいかない。今回も俺はこんなくだらない無意味なテキストを書いてしまった。そんなものは消さなくてはならない。

「そうだ、全消去、全消去……」

　俺はスマホのエディタアプリを開いて、テキストを全選択して消去しようとした。そうすればクラウドサーバーに自動同期されているこのくだらないテキストをこの世から滅することができる。

だが……。

「ダメだよっ！」

岬ちゃんが俺の腕に飛びついてきて全消去を止めた。

「な、何がダメだって言うんだよ！」

二の腕に当たる柔らかい感触におののきながらも、俺はスマホを操作してテキストを消去しようとした。岬ちゃんはわめいた。

「ダメだって言ったらダメだよ！　だってそれは佐藤君が一ヶ月かけて書いた作文なんだよ！　もったいないよ」

「こんなものは消した方がいいんだ」

「ダメ！　いい加減にして！　怒るよ！」

岬ちゃんは頰を膨らませて俺を睨んだ。

「そ、そんなこと言われたってな、著作者は俺なんだから、俺がこのテキストに関する権利を持ってるんだ」

「じゃあ権利を売って。Mコイン十五枚で」

岬ちゃんは自分が創作した仮想通貨を提示してきた。

俺の心は揺らいだ。

「十五枚だと？　十五枚と言ったら『なんでもチケット』半分に相当する価値じゃないか」

『なんでもチケット』

それはこの謎めいた女子高生、岬ちゃんになんでも言うことを聞かせられる夢のようなチケットである。

これまで俺のひきこもり性質が邪魔をして、俺はこのチケットをどうしても有効活用できないまま、二枚も無駄にしてしまった。

なぜ俺は自らの欲望を満たすために『なんでもチケット』を使わなかったのか？

思い返すたびに、人生をまるまる一つ失ったかのような深い喪失感と後悔が俺を貫く。

そのたびに俺は決意したものである。

もし今後また何かの機会で『なんでもチケット』を手に入れることができたら、そのときこそ俺は、自らの真の欲求を満たすためにそれを使うぞ、と。

「岬ちゃん……手を離してくれ」

俺の腕にいまだ組み付いている岬ちゃんは、少し顔を赤らめながら俺を見上げた。

「欲しくないの？」

「そんなことは言ってない。ただ、ここで一つ、はっきりさせておきたいんだ。本当に『Mコイン』を三十枚貯めたら『なんでもチケット』に交換できるんだな？」

岬ちゃんは手を離しながらうなずいた。

「そうだよ」

「『なんでもチケット』があれば、本当に岬ちゃんに、なんでも言うことを聞かせられるんだな」

「うん……」

「そういうことなら……消去はやめておこう。好きなだけ読んでいいぞ」

俺はスマホを岬ちゃんに渡した。

岬ちゃんは鞄から手製の仮想通貨、Mコインを十五枚取り出し、テーブル上を滑らせてきた。それを受け取りながら俺は決意した。なんとか三十枚までMコインを貯めて、『なんでもチケット』に交換しよう。

一方、岬ちゃんは俺のテキストに目を走らせていた。しばらくすると顔を上げた。

「私はこれ、結構好きだな」

「そうか？　ぜんぜんエッチじゃないぞ」

「佐藤君の素直なところが出ていていいと思う」

「それはありがたいが、岬ちゃんが読み終わったらそれ、全消去するからな」

「ダメだよ！　これは私が買い取ったので、私のものです」

「なんに使うんだ。そんなもの」

「暇なときに読む」

「面白いのか？」

「面白くはないよ」

「面白くないのかよ！」

「面白くないけどね。人生に必要なのは面白さだけじゃないから」

岬ちゃんは鞄の中から『自律神経の整え方』という本を取り出した。

「この本によると、面白さというのは感情のアップダウンに起因することが多いそうです。それはそれで人生に必要ですが、アップダウンが多すぎると自律神経が乱れて、人格が荒廃します」

「それは確かに……」

俺は先輩との関わりの中で千々に乱れていく俺の自律神経のことを思った。

「だから時に人は、そんなに面白いことの起きない淡々としたテキストを読んで、心を落ち着けなきゃいけないんです」

「わかっていたことではあるが、客観的に見てもやっぱり面白くないんだな、俺のシナリオは……」

俺はうなだれた。

岬ちゃんは微笑みを浮かべた。

「面白くなくていいんだよ」

「気休めはよしてくれ」

「私はね、最近、思うんだ。人から面白いと思われなくてもいい、注目を浴びなくても平気、そんな人間になりたいって。いつも淡々と落ち着いている人間になりたいって」

「それは……ちょっと難しいんじゃないか？」

岬ちゃんは、俺といるときは落ち着いて見える。だが不登校気味であることや、なんとなく伝わってくる彼女の周辺情報などを総合的に考えると、彼女は俺と同等、あるいは俺以上にこの人間社会の中で不安定な存在のはずだ。

そんな人間が『淡々と落ち着いた人間になりたい』などという願望を抱くのは、そよ風にすら揺れる一輪の花が、嵐にも揺るぐことのない大木になりたいと願うがごとき身分不相応な夢ではないか。

「わかってます、私が落ち着きのある人間になるのは難しいってことぐらい。でもね、いつか人に落ち着きを提供できる人間になりたいんです。だから参考になる文章を読もうと思ってるの」

「そんなに俺の文章は淡々としてるか？」

「ぜんぜん面白いことが起きないし、文章もフラットで眠くなってくるよ」

「…………」

「だけど結構、好き。清書して細かいところを直して、何かの賞に送っておいてあげるね」

褒められているのか貶《けな》されているのか、よくわからない彼女の冗談交じりの言葉を聞いているうちに、少しずつ自分のシナリオへの過剰な思い入れは薄らいでいった。

本来の目的には使えそうもないが、岬ちゃん一人でも読んでくれる人がいるなら、書いた意義はあったかもしれない。

「でもちょっと短いよね。もっと長くぼーっと読みたいね。そうだ、この倍の量の文章を書いてくれたらMコインをもう十五枚上げるよ」

「ま、まじかよ。それならさっきもらった十五枚と合わせて『なんでもチケット』一枚分になるじゃないか。いつまでに書けばいいんだ？」

「二週間後くらいかな。できるだけ今と同じような雰囲気で書いてね。内容にも注文があるからよく聞いてね」

「…………」

岬ちゃんは細かく注文を出してきた。それをメモりつつ、次話の『妹との生活』について打ち合わせをしていると、ふいに俺は、かつてないのどかな空気を感じた。

俺はいつも、『将来の不安』やら、『自分の存在価値』やら、考えても仕方ないことばかり考えている。そんな心配の介在する余地のない、のどかな『妹との生活』について、ああだこうだと頭を捻《ひね》って考えていると、束の間、不安と欲を忘れ、無心に岬ちゃんと笑い合うことができた。

平和な時間は、先輩からの呼び出しによって終わりを迎えた。

俺のスマホが震え、そこには先輩からのメッセージが表示されていた。

『やっと残業が終わったから、会社近くのホテルを予約したわ。佐藤君、今すぐ来てくれる？』

俺は思わずうめいた。

「ほ、ホテルだと？」

「どうしたの佐藤君。ホテルってなんのこと？」

「いや、なんでもない。お、俺はそろそろアパートに帰らないといけない。岬ちゃんも気をつけて家に帰るんだぞ！」

「ちょ、ちょっと待ってよ佐藤君！」

岬ちゃんの声を背中に受けながら、俺は早足で公園から出た。そのままコンビニに向かい、レンタルサイクルを借りて、先輩が予約したというホテルに向かって走る。

電力アシストに押され、多摩《たま》川にかかる巨大な橋を乗り越える。

さらに河口近くの道を空港方面に向かって走ると、闇の中に巨大な商業施設が浮かび上がってきた。

俺はペダルを漕《こ》ぐ足を止め、その施設についてスマホで検索した。

「この施設は……羽田《はねだ》イノベーションシティ……羽田空港第三ターミナルから一駅の天《てん》空橋《くうばし》駅に直結しており、敷地面積は5・9ヘクタール、延床面積は13万平方メートルを超える大規模複合施設らしいな。最近できたばかりで、先進的な企業のオフィスや飲食店が多数入っているようだな」

巨大なコンクリートの塊として感じられる施設の周りを、ぐるっと自転車で走ると駐輪場が見つかった。

「先輩はどこにいるんだ？」

自転車を停め、LEDに未来的に照らされた夜のイノベーションシティに足を踏み入れると、またスマホにメッセージが来た。

『一番上まで上ってきて！』

「一番上、だと……」

近くの階段を上ると、バーやライブ会場を繋《つな》ぐイノベーションコリドーなる通路に出た。飲食店の明かりに照らされたコンクリートの通路を歩くと、さらに上に向かう階段が見つかった。

そこを駆け上ると、ベンチや小さいプールが設置された『スカイデッキ』なるオープンエアな空間に辿《たど》り着いた。

よく見ると小さなプールに見えたものからは、湯気がもくもくと立ち上っている。その湯に男女が足を突っ込み談笑している。

つまりこれは足湯か。

「佐藤君。こっちよ」

足湯に浸《つ》かっていたスーツ姿の女性が手を振った。湯を内部から輝かせるLEDによって、先輩の魅惑的なシルエットが夜空の暗闇に浮かび上がっている。

おずおずと近づくと、先輩は鞄《かばん》をどけて隣にスペースを作った。

「息が上がってるじゃない。足湯に入って一休みしたら」

「そ、そうっすね……」

　俺は先輩の隣に腰を下ろし、靴と靴下を脱いで、湯に足を入れた。

　体の末端を温める湯によって、俺はしばし陶然となった。

　そのとき上空の大気が震えた。見上げると巨大な旅客機が羽田空港に向けてランディングを始めていた。

　足湯に浸かるカップルたちから歓声が上がる。

　先輩も呟《つぶや》いた。

「綺麗《きれい》ね……きっとあの飛行機、海外から帰ってきたところよ。私もお金を儲《もう》けたら、佐藤君を連れてってあげる。本場のベトナム料理でも食べに行きましょ」

「そんな。夢みたいな」

「夢じゃないわ。私は本気よ」

　先輩は湯の中で足の指を大きく開くと、親指と人差指で俺のアキレス腱《けん》をつまんだ。

　肌の触れ合いが俺の自律神経に衝撃を与える。

「うっ……」

「ね、佐藤君。私たちのプロジェクトを始めましょう。お金をたくさん儲けるのよ！　そのために、私の作ってる映像作品、その撮影を手伝って！」

「ううう……」

「あら鼻血。のぼせちゃったのね。部屋で少し休みましょ」

先輩はハンカチを俺の鼻に当てると、イノベーションシティの宿泊施設へと、俺を引き連れていった。

3

すでにチェックインは済ませてあるらしい。先輩はフロントの脇にあるサーバーからコーヒーを汲《く》むと、その奥のエレベーターで俺を上階へと導いた。

「この部屋よ。入って」

シンプルなビジネスホテル状の部屋に通され、セミダブルのベッドに寝かされた。

イノベーションシティ自体ができたばかりの施設なので、このホテルの内装も部屋もすべてが新しい。ベッドのシーツも通常よりハリがあるよう感じられる。

「鼻血、止まった？」

先輩はコーヒーを飲みながら聞いた。

「もうちょっと……ですかね」

「佐藤君と入っちゃったね。ホテル」

「…………」

何も答えられないでいると、先輩はベッドに俺を放置して洗面所に向かった。

じゃーと水の流れる音がしたあと、しばらくして先輩は何かぶつぶつと呟きながら戻ってきた。

「大丈夫……佐藤君なら大丈夫……」

そのような言葉を呪文《じゅもん》のように繰り返しながらバッグを開け、何かの錠剤を取り出して飲もうとしている。

俺の鼻血は止まったが、先輩の雰囲気はなぜかいきなり重くなっている。俺はベッドから跳ね起きて制止した。

「ちょっと待った！」

「なに？」

「その薬はいったい……」

「いざというときの心のお守りよ」

「飲まなくていいですよ！　いざというときは来てないですから」

「これから来るのよ」

「まあまあ、もうちょっと待って。普通に落ち着きましょう」

「そ、それもそうね。深呼吸でもしようかしら」

先輩はベッドの脇の椅子に腰を下ろすと、ラジオ体操するように手を上げ下げした。

ビジネススーツが引っかかって邪魔なのか、動きがぎこちない。先輩はジャケットを脱ぐと、もう一度、手を上げ下げして深呼吸した。

そのたびに白いブラウスに包まれた胸の膨らみが強調される。せっかく止まった鼻血をもう一度出したくない。俺は目を逸らした。

「………」

だがここはホテルだ。性行為に特化したものではないし、新時代のイノベーションの雰囲気が漂う先進施設内のものではあるが、ここはホテルなのだ。

実体験がないのでよくわからないが、大人の男女がホテルに来るとは、これからアダルトな事象が始まる五分前と言っても過言ではないのではないか？

そもそも俺は、先輩のプロジェクトを手伝うよう頼まれている。ということは、ペアレンタルコントロールをかけるべきアダルトな事象がこれから始まる確率は、一百パーセントを超えているのではないか？

「はあ……はあ……やばい」

呼吸が浅くなってきた。このままでは過呼吸になってしまいそうだが倒れるわけにはいかない。俺も先輩の真似をして深呼吸する。

「すー、はー」

二人の深呼吸の音が客室に響く。だがなかなか気持ちは落ち着かない。先輩も謎のメンタル薬を飲もうか、いまだに迷っているようだ。

この緊張を解きほぐせるものなら、むしろ俺がその薬を飲みたいところであるがぐっと堪《こら》える。

なぜなら今、俺と先輩の人間関係は、極めて大きな質的変化を遂げようとしている最中だからである。

水をコトコトと温め続ければ相転移によって水蒸気と化し、さらに熱すればプラズマと化す。

同様に長年、じわじわと温め続けられた俺と先輩の人間関係は、今、なにがどうなるかわからない瀬戸際にあるのだ。

そのような大きな変化の際にあって、意識を薬物によって混濁させるわけにはいかない。

「…………」

気を確かに持とう。

そんな強い意志を持ってベッドに座っていると、先輩もピルケースを鞄にしまってくれた。

「そうね……私のプロジェクトは仕事よ。仕事中はぴしっとしていなきゃダメよね。よおし、ぴしっ！」

先輩は擬音を発すると背筋を伸ばし、その状態で俺をまっすぐ見つめた。

「佐藤君。お願いがあるの」

「はいはい。映像作品の撮影を手伝えって話ですよね」

「ええ。それでね……まずは私の映像作品ってのが何なのかを詳しく説明しなきゃいけないと思うんだけど……」

椅子に座る先輩はもじもじと膝《ひざ》をこすり合わせている。自分がPornhuberとして活動していると俺に打ち明けるのを、ためらっているようである。

俺はさりげなく助け舟を出した。

「先輩は……どんな作品を撮ってるんですか？」

「ええとね。なんて言えばいいのかな。主な被写体は私自身で……」

「ちょっと見せてくださいよ」

「ダメよ！　あんなの見せられるわけないでしょ、佐藤君に」

「それじゃ手伝いようがないじゃないですか」

「そ、それもそうよね。まずは佐藤君に見せなきゃいけないわよね」

問答を続けるうちに、だんだんと俺の中にかつて感じたことのない気持ちが湧き上がってきた。

それは先輩への加虐心である。

薬物などを飲んで気持ちをぼやけさせなかったことが功を奏したのだろう。俺は今、自分の中に、『先輩をいじめたい』という気持ちがあることをはっきり認識していた。

「………」

思えば先輩に文芸部に勧誘されてから今日まで、俺は犬のような扱いを受けてきた。

この女にとって俺は、ちょっと呼び出せばしっぽを振ってついてくる、かわいい無害な犬のようなものだった。

この野郎……ちょっと美人で俺に好かれてるからって調子に乗りやがって。俺の気持ちを利用しやがって！

「…………」

先輩への怒りに突き動かされた俺は、この機に先輩を辱めることにした。

「早く見せてくださいよ。先輩のビデオ」

「待っててね。今このスマホで見せてあげるから」

「スマホだと小さくて見にくいから、そこのテレビでどーんと再生しましょうよ」

俺はベッドに枕を積むとそこに背をもたれ、リモコンを操作し、ブラウザをテレビに表示させた。

「だ、ダメよ！　こんな大きなテレビで私のビデオを再生したら……」

「なんだっていうんですか？」

「恥ずかしすぎるわよ……」

そう言いながら先輩は頬を真っ赤に染めた。

「ふう……」

加虐心が満たされ俺は満足のため息をついた。

それは安堵《あんど》のため息でもあった。

もうひと押し先輩を辱めれば、このホテルでの一幕は何事もなく終わるだろう。

恥ずかしさに耐えきれなくなった先輩は、この部屋を出ていくことだろう。

そして俺たちの関係性は、無駄に沸騰して相転移することなく、これまでと同じちょうどいい距離を保ち続けることができるのだ。

「そうそう……そのくらいでいいんだよ。俺たちの関係は」

などと独り言を呟《つぶや》いていると、耳たぶまで赤く染めた先輩は、俺の隣、ベッドの空きスペースに枕を積んでそこに上体を横たえ、俺に並んでテレビに向かい合った。

「え？　ええ？」

「P、O、R、N。打ち込んで」

先輩はとろんと潤んだ瞳《ひとみ》を俺に向けてそう言った。

まさか、恥ずかしさが限界を超えたせいで、脳のモードが切り替わったのか？

「ま、まじかよ……いいのかよ」

震える手でリモコンを操作し、ブラウザにアルファベットを打ち込みつつも、俺には信じられなかった。

この女……ほんとに俺に見せるつもりなのか。あのビデオを？

「H、U、B。それで検索してみて」

「は、はは……なんですかこれ。なんだかエッチなページが出てきたみたいですね」

「知ってる、佐藤君？　Pornhub。ここは全世界のエッチな動画が集まるサイトなのよ」

先輩はPornhubのシステムや収益構造について説明を始めた。

俺は左右を見回しながら考えた。

今ならまだ引き返せる。

リモコンを置いて、『急用を思い出しました！』と叫んでこの部屋から出ていけば、先輩との関係を壊さずに済む。

そうだ、そうしよう。

先輩は俺の数少ない友達の一人なのだ。

友達。

それはきっと、恋愛とかいうよくわからないもので結び付けられた関係よりも、もっと長く続く関係だ。

なぜなら、それはお互いへの友情に基づいているからだ。

それは無駄に蒸発したりプラズマ化したりすることもない。それは淡々としてつまらないものかもしれないが、山奥に佇《たたず》む大木と大木の関係のように、近づくことも離れることもなく、ずっとそこにあり続ける。

先輩とは恋人同士になりたかった。

でもどうしても、恋人になることはできなかった。だがそれは、ずっと友達だったということなのだ。俺と先輩は。

そんな大切な友人を、一時の性欲によって失うわけにはいかない。

「あ、きゅ、急用……」

だが立ち上がりかけた俺の手を、先輩はギュッと握りしめた。

「佐藤君。怖いのよ」

「なにがですか」

「友達じゃなくなってしまうのが怖いの。佐藤君が」

「は、はは……わかります。だから今日はちょっともう帰ります」

「帰らないで！」

「いや、でも……急用で……俺たち友達だし……」

「ひきこもりの佐藤君に急用なんてあるわけないでしょ！　いいから聞いて。ちゃんと説明するから。ええと……なんて言ったらいいのかしらね。私、出てるのよ。このサイトに」

「…………」

「なによ。あんまり驚いてないわね」

「お、驚きました。まじですか？　そんなことってあるんですか？」

「あるのよそれが。私はね、実は昔からエッチな小説を読むのが好きなの」

「そ、それは初耳です」

「無理もないわ、高校のときも隠してたからね。誰にもバレないようにこっそり読んでたからね。だけど隠れてエッチな小説をたくさん読んでいるうちにね、自分も何かエッチなことで自己表現してみたくなったのよ。それでエッチなビデオを撮ってこのサイトにアップしてみたの。再生するわね」

先輩は俺からリモコンを奪うと、自分のビデオを検索した。

サムネイルがテレビに表示された。

あとボタンを一つ押せば、ホテルの壁を占領する大画面テレビに、先輩のとてつもなくエッチな行為の動画が再生されてしまう。

俺はまた溢《あふ》れ出し始めた鼻血をティッシュで押さえながら、食い入るように画面を見つめた。

だがいつまで待ってもビデオは再生されなかった。

「ごめん。やっぱりちょっと待って。こんなの見せたら軽蔑《けいべつ》されちゃうわ」

「け、軽蔑なんてしませんよ……」

「嘘。きっと佐藤君は私のことを軽蔑して、今までみたいに私を先輩として敬ってくれなくなるわ。それほどまでにこのビデオはエッチなビデオなのよ」

「まあ確かにエッチですけどね。この程度じゃ先輩への対応は変わりませんよ」

「嘘！　なんでそんなことがわかるの！」

「なんでって……そりゃもう見たことありますからね、先輩のビデオ。だけど先輩への俺の対応は別に変わってないでしょう。だから安心していいですよ」

「え？　見たことがある？　私のビデオ……」

「あ、今のは無しです。見たことないです。俺はもう帰ります。急用で」

「説明して！」

ベッドから下りようとする俺の手を、先輩が思いっきり引っ張った。またベッドに引き戻された俺は、仕方なく説明した。

「偶然たまたまなんですけどね。先輩のビデオを見つけちゃって」

「いつから？」

「最初のビデオが投稿された直後ですね」

先輩は真っ赤になった顔を両手で覆いながら聞いた。

「ど、どこまで見たの？」

「全部」

「じゃ、じゃあまさか、昨日、私が投稿したあのビデオまで佐藤君に見られちゃってるってこと？」

「まあ、そういうことになりますね」

赤を通り越して顔を青ざめさせた先輩は、バッグを漁《あさ》ってまた謎の錠剤を取り出し飲もうとした。

俺はその手を止め、ピルケースをベッドの脇にあるテーブルに遠ざけた。

「恥ずかしいのはわかります。俺が先輩のビデオをこっそり見ていたのも謝ります。でも元はと言えば、先輩がアップしたビデオなんですからね。その結果を受け入れてください」

「な、なによ！　佐藤君のくせになんでそんな正論を言うのよ！」

「俺だってたまには正論ぐらい吐きますよ。特に昔からの友達相手には、いくらでも言いますよ。正論を」

「じゃ、じゃあ友達でいてくれるってことよね。このビデオを見た後でも」

「それはそうです。だから今日はここまでにしてもう帰りましょう」

「いやよ！」

「そんな恥ずかしい思いをしてまで、俺にビデオを見せる必要はないでしょう」

「それがあるから見せようとしているのよ！　佐藤君にはどうしても私のビデオを見てもらう必要があるのよ！」

「い、意味がわかんねえよ！　なんで俺が先輩のエロビデオを一緒に並んで見なきゃいけないんだ。俺の気持ちも考えてみろよ！　頭がおかしくなるぜ！」

「頭……おかしいの？」

「おかしくない！　まだおかしくはないが、これ以上興奮すると、俺は本当におかしくなる！」

「興奮……佐藤君、私のビデオで興奮してくれるの？」

「ま、まあな」

「良かった……誰からもなんの反応もないから、私、不安で、不安で……」

先輩は目に涙を浮かべ、肩を震わせ始めた。

流れ的になんとなく抱きしめて慰めるべき雰囲気を感じたが、俺はちょんちょんと彼女の背を叩《たた》くに留《とど》めた。

しばらくして先輩は勝手に泣き止んだ。

「それでね、私、不安だったからまず佐藤君に評論してもらおうと思ったのよ。佐藤君、詳しいでしょ、エッチなビデオ。ひきこもりだから、どうせ朝から晩まで見てるんでしょ」

「見てません！」

「謙遜《けんそん》しなくていいのよ。それじゃ恥ずかしいけど再生するわね。初投稿のビデオから最新ビデオまで、良かったところと悪かったところ、それぞれ三つずつ教えてちょうだい。それを今後の改善の励みにするわ」

先輩はバッグから手帳とペンを取り出すと、俺の評価を聞く構えに入った。

どうやら本当にレビューが欲しいらしい。そう言えばこの人、高校の頃から自分の書いた文章への評価をやけに気にする人だった。

先輩の書く文章はエッセイや詩など短いものが多く、それは端正ではあったが、特に良いとも悪いとも言えないものが多かった。

そこで俺はいつも『まあ良かったですよ。さすがですね』などと適当なことを言ってお茶を濁した。

そのレビューでは満足できなかったようで、先輩は『もっと詳しく教えてちょうだい』と何度もしつこく感想をねだった。

　そのたびに俺は根負けし、先輩の短い作品からはとうてい導き出されるはずのない、創作レビューとでも呼ぶべきものを即興で創作して先輩に与えた。

『なんていうかテーマ性が感じられますよね。宗教的とすら言えそうです』

『でしょ！　私なりに深く考えて書いてるのよ』

先輩は俺のレビューに満足した様子を見せたが、先輩の次回作は、前作よりもさらに短く生気の抜けたものになっていった。

　ここまで思い出して、俺はふと気づいた。

高校時代、俺は先輩をいたずらに褒めまくることによって、実はその創作能力をスポイルしていたのではないか、と。

　そういや岬ちゃんが読み聞かせしてくれた自己啓発書にも書いてあった。

すなわち……他人からの良い評価を求めて行動する人間は、評価を失うのを恐れて、小さくまとまった創作活動をしてしまいがちである、と。

『良い子』として育てられた子供は、親に褒められることだけを目的とした生き方をしてしまう。だがそれは条件反射によって躾《しつ》けられたパブロフの犬と同様であり、決してのびのびとした人間らしい生き方とは言えないのである。

　なのに俺は先輩の作品をいたずらに褒めることにより、先輩の『良い子』的性質、人に褒められようとして小さくまとまってしまう性質を助長してしまった。

だとしたらその罪を今、そそがなくてはならない。

今こそ俺は、正直な感想を先輩に伝えなくてはならない。

俺は先輩に媚《こ》びへつらいがちな性質を一時的に封じ込めると言った。

「わかった。真剣に感想を言うぞ」

「ええ。聞かせてちょうだい！　良かったでしょ、私のビデオ。なのに世界のみんなはぜんぜん私のビデオに気づいてくれないのよ！　おかしいと思わない？」

「いいや。世界のみんなの反応は正常だ。先輩のビデオが黙殺され、まったくPVを稼げないことには正当な理由があるんだ」

「理由？　なんなのそれは？　教えてちょうだい！」

「それは……全然ダメだということだ。先輩のビデオ。あんなもの全然ダメだ！」

俺が吐いた言葉の意味を、しばらくしてやっと理解した先輩は、敵意のこもった視線を俺に向けた。

4

「はあ？　はあ？　私が頑張って撮ったビデオの何がダメだっていうの？　いくら佐藤君だからって、返答によっては許さないわよ」

先輩に睨《にら》まれると、俺の中の奴隷根性が蘇《よみがえ》ってきた。

いますぐお世辞を言って、先輩の機嫌を取りたい。その衝動をぐっと殺して俺は真実を語った。

「先輩のビデオは俺を興奮させる役に立つ。それは確かだ」

「でしょ」

先輩は得意げな表情を浮かべた。

「先輩のビデオを見た俺はとても興奮した。この世に生まれ落ちて最大レベルの興奮……」

「ほら、私は才能があるのよ」

「いいや。勘違いするな。俺が先輩のビデオに興奮したのは、俺と先輩が元からの知り合いだからだ」

「それの何がいけないのよ」

「考えてみろ。先輩のビデオの本来のターゲットは、先輩と縁もゆかりもない世界中の人間だ。そいつらには『知人ブースト』は効かない。『うおお！　あの先輩がこっそりエロビデオをアップしてるだと！』という背徳的な興奮がなければ、先輩が作ったエロビデオなど、この世に星の数ほどもあるただのしょうもない素人自撮りエロ動画の一片に過ぎない」

「ひ、ひどすぎるわ！　なんで佐藤君にそんなこと言われなきゃいけないのよ！」

「実際に見てみればわかる。まず一本目のビデオを再生してみよう」

俺はリモコンを操作して先輩のビデオを再生した。

「ほら、問題は明らかじゃないか」

「どこに問題があるの？　佐藤君が選んでくれた機材のおかげで綺麗《きれい》に撮れてるでしょ。しかもちゃんとエッチな感じになってるわよ。こんな恥ずかしい格好、全世界に公開するのは本当に恥ずかしかったんだからね」

「確かに、俺に対してこのビデオは最大最高にエッチなビデオということで異存はない。ただ世界の一般視聴者の目線で見てみると……」

　俺は意識を切り替え、ラテンアメリカに住むメスティーソとしての視点から、先輩のエッチなビデオを鑑賞してみた。また中東のペルシャ人としての視点で、先輩のエッチなビデオを鑑賞してみた。

「やはりとても最後まで見れたもんじゃない。五分も持たず違うビデオに切り替えてしまう。なぜなら……」

　俺は先輩のビデオの問題点を、できる限りロジカルに、客観的な視点から淡々と述べた。

　俺のダメ出しに最初、先輩は目尻《めじり》を釣り上げてヒステリックな反論をした。

だが俺が先輩に対して初めて見せる胆力あるダメ出しに対し、やがて大人しく服従する様子を見せた。

　なんと言っても俺と先輩では、エッチなビデオの鑑賞経験に雲泥の開きがあるのだ。

その経験の重みが俺の言葉に力を与えていた。

「わ、わかったわ……私のビデオは、佐藤君以外の人に対してはぜんぜんダメだったのね。悔しいけど勉強になるわ」

先輩は俺のダメ出しをノートにメモし始めた。

「それじゃ次のビデオを再生するぞ」

俺は先輩のビデオを次々と再生しながら、問題点を一つ一つ先輩に伝えていった。

最初、先輩はこの世の終わりという顔でそのダメ出しをメモしていたが、次第に目に輝きが戻り始めた。

最後のビデオのダメ出しを終えると、先輩はノートとペンを振り上げて叫んだ。

「そ、そうか！　こんなにもダメな部分があるってことは、これだけ改善する余地があるってことなのね！」

「わかってくれたか。つまりそういうことだ。あとはこの改善点を細かく修正していくだけで、先輩のビデオの実用性は増し、それによって視聴回数も増えていくはずだ。それじゃ俺はもう帰るぜ」

「待って佐藤君！」

「なんだよ、まだなんかあるのかよ」

「次は撮影よ」

「…………」

「ビデオ撮影係を頼みたいんだけど」

「だ、ダメだ。あとは自分でやってくれ」

「そんなこと言わないでよ。ここまで来たら最後まで付き合ってよ」

先輩はブラウスのボタンを一つ、二つと外していった。

どくん、と俺の心臓が大きく脈打つと共に、彼我の間の空間が、ぐにゃんと性欲によって歪《ゆが》んでいくのが感じられた。

「………………」

人はなんのために生きているのか。

それはエッチなことをするためである。

そのことが今、明瞭《めいりょう》に理解された。

これまで長々と交わしてきた会話のすべてが意味を失っていく。雄の性を持ったただの生命体として今、俺は目の前の雌に向かい合った。

「仕方ない。やりますよ」

「えっ……ほ、ほんとに？」

先輩はブラウスを脱ぐ手を止めた。

「ほんとですよ。ビデオカメラ貸してください」

先輩がバッグから取り出した撮影用具を、俺は黙々とセッティングしていった。

リングライトをベッドの脇に立てて先輩を照らす。

カメラのメモリ空き容量と電池残量を確認したのちに、録画ボタンを押して先輩にレンズを向ける。

「もう撮ってるの？」先輩は髪を手ぐしで整えた。

「ああ……始めようぜ。撮影」

「わかったわ。よろしくね、佐藤君」

俺はビデオカメラがぶれないよう気をつけながら、レンズの向こうの先輩にうなずいてみせた。

だが……いつまでも先輩は、カメラの前でエッチな行為を始めようとしなかった。

「どうしたんですか？　電池がもったいない」

「私……実はアドリブに弱いタイプなのよね。これまで作ったビデオも、実はぜんぶ脚本を書いてから撮影したのよ」

「その割にはクオリティが低かったな。だいたいどのビデオもパターンが一緒だったろ。ちょっとカメラに向かって世間話のようなことを喋《しゃべ》ってから、エッチなことをするという……」

「クオリティが低くて悪かったわね！　それでも私なりに頑張ったのよ。『世間話』の内容だって全部、脚本に前もって書いた上で喋ってたのよ！」

「まじかよ……先輩、実は要領が悪いタイプだったんだな。そんなんで昼間の仕事、ちゃんとやれてるのかよ」

「やれてないから困ってるのよ！　私は探してるのよ！　自分の真の才能を活《い》かせる場

所を！」

その探索行為の一つが、この大人向けの映像制作ということなのだろうが、先輩の才能はいまいち見えてこない。

確かに先輩の外見はいいが、見た目だけで再生数を稼げるような甘い世界ではない。だいたい先輩の見た目がいいという評価も、俺の長年の恋心によって歪んでいる可能性がある。

となると女優本人から湧き出るエッチさの表現によって、映像に本質的な価値を生み出したいところであるが、レンズの向こうの彼女は表情が硬い。

だがここで『エッチな行為に没入しろ！』と第三者の俺がアドバイスをしたところで、いきなり助言どおりの演技ができるものでもないだろう。

そうすると、確かに、前もって脚本を練っていくのはいいことかもしれない。

アドリブ力が無い者は無いなりに、今の自分にできる工夫をして、作品のクオリティを少しでも上げていくべきなのである。

俺は録画を止めて言った。

「よし……それじゃあまずは今夜の撮影分の脚本を書いてくれ」

「わかったわ」

先輩は鞄《かばん》からノートパソコンを取り出すと、ベッドにうつ伏せになってテキストを打ち込み始めた。

　脚本が出来上がるまで俺も隣に寝転んで、成年向け催眠音声のシナリオをスマホに打ち込もうとした。だがぜんぜんアイデアが思い浮かばない。先輩も隣で頭をかきむしった。

「ああもう、ぜんぜんダメね！　行き詰まったわ。ちょっとコンビニに行きましょ、気分を切り替えないと」

「そうだな」

　俺たちはホテルを出て、夜のイノベーションシティを散策しながらコンビニに向かった。

「へー、こんなところにZeppがあるのね」

　先輩は有名なライブハウスを指差した。

「おっ。あそこには駿河屋《するがや》があるな。山崎に、何かかわいいフィギュアでもお土産に買っていってやるか」

　そんなことを言いつつコンビニに入店する。俺は飲み物と軽食を買った。先輩も隣のセルフレジで缶コーヒーなどを袋に詰めている。

「それじゃ戻るわよ、佐藤君！」

「おう」

　俺たちはコンビニ袋をぶら下げて部屋に戻り、またベッドに寝転がって作業を再開した。俺は五行もシナリオを書けぬまま行き詰まってスマホゲームを始めた。すぐに先輩もうめき声を上げた。

「ううううう……ダメ。ぜんぜんうまく書けないわ」

「なんでなんですか。これまでは一応、書けてたわけでしょ。エッチなビデオの脚本」

「これまでとは勝手が違うのよ。今回は登場人物が二人いるからね」

「二人、と言うと」

「まず私でしょ」

「ああ」

「それに佐藤君」

「俺？　俺はただの撮影係じゃないのか？」

「そんなわけないでしょ。ちゃんと出演してもらうわよ」

それが意味することを想像して俺の自律神経は乱れ始めたが、今夜は興奮の連続であり、だんだん俺の脳は性的な刺激に対して鈍感になりつつあった。

「ま、まあいい。さっさと脚本書いて終わらせようぜ」

「うん。頑張るからもう少し待っててね」

先輩は真剣な目つきでディスプレイを睨《にら》むと、キーボードを叩《たた》き始めた。その音を聞いていると睡魔に襲われ、先輩の隣で俺はしばし眠りに落ちた。

背中を揺すぶられて目覚めると、先輩が俺にパソコンのディスプレイを突きつけていた。

「ここまで書けたんだけど読んでくれる？」

「どれどれ」

俺は先輩の脚本に目を通した。

「どう？」

先輩が期待に満ちた目を俺に向けてくる。俺はまた自動的に奴隷モードに入り、先輩に対して甘い評価を返してしまいそうになったが、ぐっと堪《こら》えて真実の言葉を口にした。

「ぜんぜんダメだな」

「はあ？」

「はあ、じゃないだろ。女優は人間性の見えない当たり障りのない言葉しか喋ってないし、男優もロボット以下の働きしかしていない。こんなんじゃいつも通り、俺以外、誰も喜ばないビデオしか撮れないぞ」

「はあ？　はあ？　無職ひきこもりの佐藤君に何がわかるっていうのよ！　私なりにね、頑張っていろいろ考えて計算して書いてるのよ！　社会人だからね！」

「そんな社会性なんて捨ててしまえ！　いい作品を作りたいんだったら覚悟を決めろよ！」

「ふん、そんなにね、子供みたいに何でもほいほい捨てられるものじゃないのよ！　大人はね、身についてるんだからね、いろんなシガラミ！　佐藤君には一生わからないだろうけどね！　はあ……はあ……もう……なんなのよ……」

先輩は息を切らしながらしばらく俺を睨んでいたが、ふいにベッドからテーブルに移動して、そこで執筆を再開した。

「わかったわよ。書き直すわ。でも佐藤君も文句ばっか言ってないで手伝ってよ」

「お、おう。何をすればいいんだ？」

「とりあえず私が書くのを見てて。ファイルを共有するから」

スマホにGoogleドキュメントのリンクが送られてきた。それを開くと、先輩が書いているシナリオがリアルタイムで俺のスマホに表示された。

「先輩、結構、誤字脱字が多いんですね」

「うるさいわね。気づいたんなら佐藤君が直しておいてよ」

俺はスマホでポチポチと先輩のシナリオに修正を入れていった。その間もしばしば先輩は、ノートパソコンから顔を上げ、俺を不安げな顔で見つめた。

「ここまで書けたけど、どう思う？」

「うーん。さっきよりはまあまあ良くなったんじゃないか。ほんの少しだがキャラが活き活きしてきた」

「その上から目線の批評は何様のつもりなのよ」

「いいから先を続けてくれ」

「わかった。見ててね」

先輩は鞄からメガネを取り出してかけると、より前のめりの姿勢になってキーボードを叩き始めた。

　しばらくしてギアが上がり始め、タイピングスピードも上がってきたが、すぐに頭を抱えてスローダウンする。そんなことを何度も繰り返している。

「ああもう無理！」

　ふいに先輩はノートパソコンをテーブルからどけると、コンビニ袋からトランプを取り出して俺に見せた。どうやらコンビニで、缶コーヒーと共に買っていたらしい。

「息抜きしましょ。やるでしょ？」

「負けないですよ」

　深夜、疲れ果てて逆にテンションが上がった俺は、先輩と勢いよくトランプのやり取りをした。流れるように勝負が決まり、負けた方が勝った方の肩を揉《も》むことになった。

「なんで頑張って働いてる私が佐藤君なんかの肩を揉まなきゃいけないのよ。どうせ何も凝ってないくせに」

「いいから早く揉んでくださいよ」

　意外にも上手な先輩のマッサージを受けながら、俺はスマホで先輩のシナリオの校正を続けた。シナリオの中では高校生の男女が夕暮れ時の部室で見つめ合っていた。

「高校生っておかしくないですか？　俺と先輩はもう大人なのに」

　ラウンドテーブルに戻りキーボードを叩く作業を再開した先輩が答えた。

「いいのよ。ＪＫってことにした方が、見てる人が興奮するじゃない」

「それもそうか。じゃあ高校生でいいですよ」

高校生の男女は西日の差し込む部室の中で、互いを見つめ合っていた。

まだ二人は幼く、自分たちの感情に気づくこともできず、それを言葉にして表現することもできない。

だから二人は体を重ねることによって、自分たちの中にある衝動をどうにかしようとする。

「この表現はちょっと文学的すぎやしないか？」

「いいじゃない。私たち、文芸部だったんだから」

「それもそうか。じゃあいいですよ、どれだけ文学的な表現をしても」

幼い二人はどれだけ体を重ねても、どうしても満足できない。

なぜなら自分たちが求めているものは物理的なものではなく、目に見えない何かであることを二人は知らなかったからである。

だがそのことを知らない二人は、互いの体の中に何かの秘密があり、それを手にしさえすれば満たされるはずだという幻に突き動かされて、性の探求を続ける。

「なんなんですか、この性の探求って」

「それはこのあと箇条書きするわね」

先輩は性の探求の具体的な項目を十個、箇条書きで書いた。

「おっ。これだけのリストがあれば、たくさんシナリオのネタができるな。広げていこうぜ」

秘密の部室の中で、沢山の性の探求が幼い二人によって行われる。

探求の内容は十項目もあり、しかもそれぞれの項目からさらに新たな項目が派生していくのだ。

だから誰も知らない部室の中で、二人はいつまでも、満たされぬ想いを抱えながら探求を続けることができる。

その永遠に満足できない運動の中で、二人は深い孤独を抱えている。

だが『互いに満たされていない』という、そのことだけは、確信を持って共有できていると思っている。

だから寂しくはないのだ。

この部室の中で俺と先輩は。

＊

ホテルの窓から朝日が差し込んできたころ、俺は目が覚めた。

さきほどまでの俺と同様、ラウンドテーブルに突っ伏して寝ている先輩を、俺は羽交い締めするようにしてベッドに移動させた。

自分もその横に寝転がってまた目を閉じる。

わずかに夢を見たが、すぐにけたたましいアラームによって叩《たた》き起こされた。がばっと音を立てて隣の先輩も跳ね起きた。彼女は左右を見回し、自分のスマホを見つけてアラームを停めると言った。

「大変！　早く出社の準備しなくちゃ。って、ここはどこなの？　えっ、佐藤君？　なんでいるの？」

俺が事情を説明すると、先輩はわたわたと洗面所に駆け込み、身支度を整えるとホテルのキーカードを俺に渡し、自らは部屋を出て廊下を駆けていった。

「…………」

俺は無言でその様子を見送った。

廊下の角を曲がる一瞬前、先輩は足を停めて振り返った。

「佐藤君、わかったわ、私のＮＨＫ！」

「ＮＨＫ？」

「日本ひ弱協会、いつも心がひ弱な私の協会、それが私のＮＨＫだと思ってた。だけど違ったのよ。人間エッチ研究会。それが私のＮＨＫよ！」

「に、人間エッチ研究会？」

「人間のエッチな部分を研究する会よ。今までずっとエッチなことが好きな自分を恥じてきたわ。だけどもう少し、まっすぐにそれに向き合って研究してみる！　それじゃあね」

今度こそ先輩は廊下の角に姿を消した。

あまりにしょうもない、わけのわからない発言を先輩は残していったが、その足取りと声、双方にいつにない力強さが感じられた。

「…………」

先輩の通勤を見送った俺は、また部屋に戻りベッドに倒れ込んでため息をついた。

先輩、寝る前はとても楽しそうにシナリオを書いていた。

もしかしたら先輩はエッチな動画を撮りたかったのではなく、本当はエッチな文章を書きたかったのかもしれない。高校のころから。

その秘められた願望を現実化できて、先輩はすっきりしたかもしれない。だが俺はというと、当然のことながら悶々《もんもん》としている。

「まあ先輩がすっきりしたんならそれでいいか……ってよくないだろ。俺は先輩の飼い犬じゃないんだ。理解ある後輩君でもないんだ」

先輩だけすっきりさせるわけにはいかない。俺も何かしらの実利を得てアパートに帰りたい。

だが昨夜、俺たちが生み出すことができたものと言えば、先輩が書いたエッチなシナリオのみである。

「エッチなシナリオ……そ、そうか！　先輩が書いたシナリオを催眠音声に流用すればいいんだ！」

俺はいまだ共有されたままのGoogleドキュメントのリンクを山崎に送った。しばらくすると返信があった。

『佐藤さん……やりましたね。一皮剝《む》けましたね。僕はずっとこういうシナリオを望んでいたんですよ！　これは実用性がありますよ！　さっそく奈々子に送ってレコーディングを始めます！』

第六話　いつもの公園

1

夏が終わった。アパートの窓の外では街路樹が日に日に赤く色づきつつあった。

そんな中、先延ばしにしてきたあらゆる問題が、破裂寸前にまで高まっている気配を俺は感じた。

まずは山崎の実家問題というものがある。

『東京でぶらぶら遊んでるなら帰ってきて俺の牧場を継げ。なに？　遊びでやってるんじゃないだと？　お前が作っているその作品とやらが遊びでないなら、百万ぐらい稼いでみろ』

「この前もまた父に電話でそんなことを言われて、僕はカチーンと頭に来てつい怒鳴っちゃったんですよ。『わかった見てろ！　僕が本気になれば百万ぐらいすぐに稼げるさ！』ってね。ですから、作品を完成させるだけでは足りません。僕らの作品で、稼がなければならないんです、百万というお金を！」

「ははは……そんな約束なんて適当に誤魔化したらいいだろ。なんとなく流れで、このダラダラした生活を引き延ばせるだけ引き延ばせばいいんだよ」

「佐藤さん！」

ダン、と山崎が折りたたみテーブルを叩いた。

今日のミーティングはVR機器を介していない。俺の部屋でフェイストゥフェイスで、メガネをかけた専門学校生と向き合っている。そのため臨場感が高い。

床に座る俺は、びくっと反射的に上体を反らしながらも山崎をたしなめた。

「おいおい、テーブルが傷むだろ。物理空間では激しすぎるジェスチャーは控えろよ」

「す、すみません。とにかくですね、僕は佐藤さんに言いたいことがあるんです」

「言ってみろ」

「佐藤さん。あなた、もう諦《あきら》めてるでしょ。百万円なんて絶対に手に入らないと思ってるでしょ」

「まあな」

顔を真っ赤にした山崎がもう一度テーブルを叩いた。衝撃でストロングゼロの缶が浮く。

「それですよ！　プロジェクトの主要メンバーの一人である佐藤さんの負け犬思考のせいで、お金を稼げるヴィジョンが見えてこないんです！　自己批判してくださいよ！」

「すまんすまん。でもな、冷静に考えてみろ。百万円ってのは、一万円が百枚あるってことだぞ」

俺は百万円の厚みをジェスチャーで示した。山崎の顔が青ざめた。

「た、確かに今の僕らにとってそれは大金です。だとしてもこの程度のお金を稼げなきゃ、父の言う通りじゃないですか！　僕らはただぶらぶら遊んでいただけになります。この東京で！」

「正確には神奈川だけどな。遊んでいたって言っても、特に楽しいことはしてないけどな。どうせならもっと遊んでおけばよかったな」

「なにしみじみした顔してるんですか！　父が課した試練に、僕は全力で立ち向かいますよ。子はいつかこうやって親を乗り越える必要があるんですよ。わかりますか？」

「わかったわかった。せいぜい頑張れよ」

しょせんは他人事《ひとごと》ということで、俺は山崎の無駄に暑苦しい訴えを聞き流した。

山崎はうつむいて拳《こぶし》を握りしめている。

「僕は本気ですからね。あと一月中に百万を稼げないなら、僕は実家に帰ります」

「牛に牧草を与える人生も悪くないじゃないか。なあ？」

「佐藤さんだって仕送りが止まったんでしょう？　来月の家賃はどうするんですか！」

「知るかよそんなこと！　俺にそんなことわかるわけないだろ！」

「わかってくださいよ！　今、僕らにはお金が必要なんです。稼ぎましょう、百万円」

「…………」

「言ってください。『俺は百万円を稼ぐ』って」

「お、お、俺は……」

「百万円」

「ひゃ、ひゃ……」

とうてい信じることができない宣言をすることを、俺の発声器官が拒否しているようだ。

そんな俺を至近距離から睨《にら》みつけながら山崎が叫んだ。

「稼ぐ！」

「か、か……」

「稼ぐ、百万！」

「百……万……」

「やりましょう、佐藤さん！　稼ぐ、百万！」

「稼ぐ……ひゃく……百万……」

「僕たちのエッチな催眠音声で稼ぐんです！　世界が僕たちのエッチな催眠音声を求めているんですよ！」

「そ、そうか……そう言えば俺たちの相手は世界だったな！　世界人口は八十億を上まわっているし、少なく見積もっても十人に一人はエッチな催眠音声を求めている。だから八億人が俺たちの潜在的な顧客となるわけだな！」

「ええ。百万なんて秒速で稼げますよ」

「中国、インド、アフリカ、中東……世界に散らばる顧客の数を思うと空恐ろしい気分になってくるぜ」

「言ってください！　『俺は百万を稼ぐ！』」

「俺は百万を稼ぐ！」

「稼ぎましょう、百万！」

「おう、メイクマネーだ！」

＊

だが何かポジティブなことをやろうとすると、なぜか逆走してしまうのが俺の常だった。

昼夜逆転を直そうとして睡眠時間を調整しようとすると、余計に生活が乱れる。

就職しようとして企業情報を調べると、余計に社会が怖くなる。

ポルノ中毒から脱却しようとすると、余計にエロ動画視聴時間が増える。

このように、人生を改善しようとする意思はすべて、マイナスに変換されてしまう機構が俺の潜在意識には備わっている。

今回も『百万円を稼ぐ』と強く願ったことが災いしたのか、俺はどうしてもそのための作業を始められないでいた。

やるべきことは山とあるというのに。

一つの製品を作り出し、それを売り出すまでには多くの作業が必要なのだ。その多くは山崎が引き受けてくれているが、俺に割り振られたタスクも多い。

TODOリストに書き込まれた数多《あまた》のタスクに圧倒された俺は、どれから手をつければいいのかわからずパニックに陥ったまま、スマホでゲームを続けていた。

深夜、そのゲーム画面上に、山崎からの催促メッセージが表示された。

『佐藤さん、今日中にアップ予定の宣伝動画、どうなってますか？』

『すまん。まだ編集中だ』

『何やってるんですか！　ただの宣伝動画なんですから早くアップしてくださいよ！』

『ただの宣伝動画』と山崎は言うが、現代においては商品そのものよりも広告のクオリティの方が、販売戦略において重要な意味を持っている。

特に俺たちのような何の実績もない者が一定のセールスをあげようとするなら、『これだ！』という会心の宣伝動画を作らねばならない。そのためには天啓とも呼ぶべき強力なアイデアの到来を待つ必要がある。

俺はスマホのゲームを再開しながら、宣伝動画のアイデアを頭の片隅で探った。

だがどうしても自分たちの商品の売りどころを、世界の顧客にアピールできるコンセプトにまとめることができない。

そもそも俺たちの商品に、何かひとつでも『売りどころ』が存在しているのか？　考えれば考えるほど、俺たちの商品を構成する各パーツの商業的な価値に疑問符がついていく。

先輩が書いてくれたエッチなシナリオ。あれはまあ確かにエッチではある。先輩が数十年、心の中で温め続けた性的妄想には一定の強度が感じられる。だが先輩はシナリオライターとしてまだ駆け出しであり、その表現は洗練とは程遠く、はっきり言って素人臭いものである。

その素人臭いシナリオを読み上げることに恥ずかしさを感じているのか、先日、奈々子が録音して送ってきたボイスサンプルは、聴く者を興奮させるというよりも、共感性羞恥《しゅうち》を掻《か》き立て、居心地悪い気分にさせるものだった。

そんな音声を商品パッケージとして包むのが、山崎の二次元美少女絵である。ＡＩに負けない表現を目指す彼の絵は、人間らしさを強調するあまり、不自然さや歪《いびつ》さが前面に押し出され、日に日にヘンリー・ダーガーの描くアウトサイダー・アートのごときものに近付いていていた。

要するに我々が売り出すコンテンツはシナリオもダメ、声もダメ、絵もダメという八方塞《はっぽうふさ》がりな状態である。そんな中、残された唯一の希望が、この俺が作る宣伝動画なのだ。

「…………」

つまり俺がこれからiMovieで作る宣伝動画の出来によって、山崎の将来が決まるのだ。いいや、山崎だけではない、先輩の将来も決まるのだ。

もし俺の宣伝動画の出来が悪ければ、エッチな催眠音声は売れず、それは先輩を弱気にさせるだろう。

『私のシナリオが劣っていたせいで、催眠音声は売れなかったのね』

そう事実を認識した先輩は、筆を折ってしまうだろう。

だが己のうちに高まる性的妄想の捌《は》け口を失った先輩は、またあの穢《けが》らわしい実写映像の撮影を再開してしまう。

やがて先輩がPornhubにアップした映像は会社の上司に見つかり、それを口実に先輩は上司および同僚および後輩に脅迫され、彼らの奴隷となるのである。

その悍《おぞ》ましい運命を回避するために俺はなんとしても、多くの顧客の心に刺さる宣伝動画を作らねばならない。

だが……できるのか？

俺にそんな大それた仕事が？

「…………」

かつて感じたことのないプレッシャー、自分一人だけではない、他者の人生まで背負い込んでしまったストレスにより、元からゼロに近い俺の実務能力がマイナスにまで低下していた。

作業に手をつけるたびミスが頻発し、仕事が前進するどころか後退していく。

映像の素材がパソコン内で散逸し、検索で見つけ出そうとするもファイル名が乱れているため、どうしても見つけ出すことができない。

手動でフォルダを開きまくり、ついに見つけたと思っても、それは古いバージョンのファイルで、しかもそのあとで見つけた新しいバージョンのファイルは、すでに古いデータによって上書き保存されたあとである。

「なんだこれは。意味がわからないぞ……」

焦る俺がやみくもにパソコンを操作するごとに、大切なファイルがどこかに失われていく。

そういえば大学の講義届もこうやって失って、俺は単位を落としたのだ。

「…………」

人生、今の今に至るまで、こんな俺でもいくつか大切なものを集めてきた気がする。だがそれがなんだったのか思い出せないし、どこで失ったのかもわからない。

それら失われたものを急いで拾い集めて、繋《つな》ぎ合わせなければならない。

だが、噛《か》み合わないパズルのピースを無理やり押し込むがごとき俺の作業によって生み出されるのは、奇妙に歪《ゆが》み、生気が抜けた宣伝動画のみである。

作業の様子を見に俺の部屋にやってきた山崎の顔から、血の気が引いていった。

「なんですか佐藤さん、このビデオ」

「何って……広告だよ。俺なりに頑張って作ってんだよ」

「わ、わけがわかりません。真っ黒な画面、何語かわからなくなるまで断片化されたボイスサンプル、時折サブリミナル的に差し込まれる美少女絵……これはホラーゲームの広告じゃないですか！」

「は、はは……わかってるわかってる。ジョークだ。これはジョークだよ。次はちゃんとした宣伝動画を作るから」

　俺は iMovie に新規プロジェクトを立ち上げた。

「…………」

　山崎は自室に帰っていったかと思うと、ペンタブレットなどの作業用具一式を持って戻ってきて、テーブルの正面に腰を下ろした。

「一緒に作業しましょう」

「……まあいいけど」

　俺は目を逸《そ》らしてパソコンを睨《にら》んだ。

　深夜、正面からさらさらとペンがタブレットを擦る音が響いてくる。だが一向に俺の作業は進まない。一時間が過ぎ、二時間が過ぎても。

「…………」

　なぜなら俺たちがプロジェクトのために集めたシナリオも声も絵も全部、この社会に立ち向かうためにはあまりに弱く無価値なものだからである。

なんとかしてその無価値さを誤魔化さなくてはならない。だが誤魔化しようもないほど、俺たちのプロジェクトは無価値なんだ。なぜならこの俺が無価値だから。

「なあ……こんなことやってもどうせ無駄じゃないか」

俺はパソコンの蓋《ふた》を閉じた。

山崎はペンを置いて俺を睨みつけた。

「はっ、出ましたよ。佐藤さんの逃げ癖が」

「に、逃げてるんじゃない。俺はただ現実を見てるだけ……」

「ああもう、わかりましたよ！　佐藤さんはもう何もしなくていいです」

山崎は俺からパソコンを奪うと自分のパソコンの隣に並べ、iMovie での宣伝動画制作を再開した。

俺は恐る恐る山崎の背後に回り、作業の様子を眺めた。

「器用なやつだな。ペンタブレットで美少女絵を描き、その合間に iMovie で映像を編集するとは。だがそんなことでクオリティは大丈夫なのか？」

「僕のことは気にしないでください。佐藤さんはもうプロジェクトのことは何も考えないでください！」

どうやら怒りが限界を超えて高まった山崎により、俺は戦力外通知を受けてしまったようだ。

しかし俺の作業が遅々として進まなかったのは、俺なりに真剣に俺たちのプロジェクトの成功を願ってのことである。その俺の気持ちを知らず、こんなにも無慈悲に俺の仕事を奪った山崎に、強い怒りが湧いてきた。

その怒りを俺は嫌味として山崎にぶつけた。

「はっ、わかったぜ。お前がそんなこと言うんなら、俺は本当にもう一切プロジェクトのことは考えないからな。ただニコニコ笑ってればいいんだろ、リアルな現実のことは何も考えないで」

「ええ、せめて僕がやる気になるよう横でニコニコして、いい雰囲気を保ってください」

「ああ、わかったぜ。そこまで言うんなら、本当に見たくない現実は一切見ないからな。本当にそれでいいんだな？」

「ぜひそうしてください。僕らの気持ちを落ち込ませる嫌な現実はもう、何一つ見なくていいです！」

「だが……だとすると……その代わりに俺は何を見たらいいんだ？」

「なんでも佐藤さんが見たいものを見たらいいでしょう。どうせ何もかも幻みたいなものなんですから。僕らの人生なんて」

徹夜続きのためか、山崎は過剰にニヒリスティックな人生観を呟《つぶや》きながらキーボードを叩《たた》き、タブレットにペンを走らせていた。その横で俺は腕を組み、『自分が見たいもの』を探った。

俺は何を見たいのか。

どんなヴィジョンを心に描いて生きていくのか？

「…………」

やはり特にこれといって将来に夢も希望もなかった。

ただ一つあるのは、この今の生活がいつまでもダラダラと長く続けばいいという受動的な願いだけだ。

「…………」

とりあえず俺は、山崎の作業がうまくいくことを妄想した。何もかもの作業がうまくいき、俺たちのこの生活が、もう少しだけ長く続くことを願った。

2

俺が作業から手を引いた瞬間、すべてがスムーズに回り始めた。

山崎はエッチな催眠音声のおまけ画像を描きながらも、コンスタントに宣伝動画を作っては各種のSNSにアップし始めた。

これにより、少しずつではあったが我々のチャンネルに人が集まり始めた。

「だがこのペースではとても百万なんて売り上げられない。もっと大規模に人を集めたいところだ。そうだ山崎、これまでお前が大量に描いたイラストがあるだろ。それを放出していこうぜ」

「な、何言ってるんですか、ダメですよ！　あんなものはまだ練習のラクガキに過ぎません。とても人目に晒《さら》せるクオリティじゃありませんよ！」

山崎はクリエイターの自意識っぽいものを見せた。俺は実作業から解放されているがゆえの余裕で、山崎を説得した。

「お前の絵、かなりいいと思うぞ。アウトサイダー・アートぎりぎり……いや、すでに向こう側に足を一歩踏み出しているリアルな性癖の吐露が、今の時代にヒットする。この眼球の巨大さと陰鬱《いんうつ》な色使い、魅力的じゃないか」

「ほ、ほんとですか！」

山崎の顔がぱっと輝いた。

他人に褒められたことがない者は、褒め言葉に対してこうも脆弱《ぜいじゃく》なのか。

絵の稚拙さを無視し、魅力のみにフォーカスしてそれを褒める俺の言葉に抗《あらが》えず、山崎はバランスの崩れた奇妙な肢体と巨大な眼球を持つ少女たちの絵を、各種ＳＮＳに勢いよくアップし始めた。

驚くべきことに、少しずつ山崎の絵には『いいね』が集まり始めた。絵の作者と同様に心のバランスを崩している者たちには、その絵が魅力的に映るようである。

むろん『いいね』が一つも付かず黙殺される絵や、『気持ち悪すぎる』『作者は早くメンタルクリニックに行くべき』などの批判的なコメントが付くこともあった。山崎は心が折れ、絵のアップを止めようとした。

　そのたびごとに、俺は山崎の絵の稚拙さの奥にごく僅《わず》かに輝く『いいところ』を見つめ、それを何度も山崎に伝えた。

「この肋骨《ろっこつ》が浮いている表現がエロいよな」

「わ、わかりますか！　そこを一番力を入れて描いたんですよ！」

　山崎はまた絵のアップを再開した。これにより俺たちのプロジェクトには、少しずつ顧客が集まり始めた。

　ところが肝心のエッチな音声が、なかなか奈々子から上がってこない。山崎を通して朧《おぼろ》げに伝え聞くところによると、どうやら自分の演技のクオリティに納得できず、日々、スタジオで録音を繰り返しているとのことである。

　さらに数日待つと、やっと新しいボイスサンプルが送られてきた。だが聴いてみると最初のサンプルより演技が硬くなっており、柔らかさや潤いが失われている。

　これでは実用的なエッチな催眠音声にはならない。プロジェクトは失敗するだろう。その先にあるのは、この安楽なひきこもり生活の崩壊である。

　俺はその恐るべき未来……寒空の下、警備員として警棒を振り回す未来のヴィジョンを振り払うと、自分が見たいものだけに意識を向けることにした。

　俺は奈々子のボイスサンプルの良くない点を無視し、その中にある良い点だけを見出《みいだ》そうとした。

しかし何をどう聴いても奈々子の声は硬い。硬すぎる。

むしろ男らしさすら感じられる。

「男らしさ……そうか！　奈々子には男性キャラの声を担当してもらえばいいんじゃないか？」

俺は自室で思わず叫んだ。

そもそも先輩のシナリオは、男性に攻められる女性が主役として描かれている。その男性の声を奈々子に担当させれば、しっくりハマるはずだ。

このアイデアを、作業中の山崎に提示すると、彼はタブレットから顔を上げて激しくうなずいた。

「それはいいかもですね。もともと奈々子は服装もボーイッシュですし、ずっと男性キャラの声をやりたがっていましたから」

「だが、だとすると、女性キャラの声は誰に担当させればいいんだ？」

「シナリオライター……つまり僕らの先輩に頼んでみたらどうですか？　彼女、結構いい声してたじゃないですか」

「うーん」

しばらく悩んだ俺は、先輩に声優をやってみないか打診してみた。

すぐに『ＯＫ、面白そうね。ぜひやってみたいわ！』との返事が返ってきた。

文章執筆だけでなく、やはり何かしら自分の肉体による表現をしてみたいという欲望が、先輩にはあるのかもしれない。

まあエッチなビデオを撮るよりは健全だろう。

山崎がスマホから顔を上げた。

「奈々子もＯＫとのことです。それじゃあ僕、明日《あした》、奈々子が使ってる録音スタジオに先輩を連れていきますよ」

「頼んだ」

あとのことは山崎に任せ、俺は録音物が上がってくるのを待った。数日が経っても録音物は送られてこなかった。

「おい山崎、どうなってるんだ？」

「僕にもわかりませんよ。初日、先輩を奈々子に引き合わせたら二人ともすぐ意気投合して録音を始めて、僕はスタジオから追い出されちゃったんです」

それはわからないこともない。エッチなシナリオを読み上げる場に、山崎という気持ち悪い男がいては演技しにくいだろう。

「とにかくこのままだとさすがにスケジュール的にまずいですね」

「先輩に聞いてみるか」

俺は若干の緊張を覚えつつ、先輩に音声通話をした。しばらくすると繋《つな》がった。

作業の進捗《しんちょく》を尋ねると、今、録音と編集を同時並行で進めているとの答えが返ってきた。

「編集？　まさか先輩が編集までやってくれてるんですか？」

「ええ。私がシナリオを書いてるわけだから、私の意図通りの作品にしたいのよね」

そう答える先輩の背後から、これまでの催眠音声作りで飽きるほど聴いた声が聞こえてきた。

「その声は……奈々子？　奈々子がそこにいるんですか？」

「え、ええ。奈々子ちゃんが私の家に遊びに来てくれて、今、二人で作業しているのよ。あっ、ちょっとダメよ奈々子ちゃん。ダメ、ダメだって……あ……」

先輩と奈々子は今、スタジオではなく、先輩の自宅にいるらしい。しかも先程からシーツが擦《こす》れるような音が聞こえてくる。どうやら先輩と奈々子はベッドの上にいるらしい。

「…………」

俺は物事を深く考えるのをやめ、通話を切った。

奈々子が先輩の家に入り浸っているらしいことは、山崎には黙っておく。

一言も口に出していないが、山崎は奈々子のことを恋愛的な意味で好きらしい。そんな彼の脳が複雑に破壊されることは避けたい。

＊

数日後に第一話の音声が先輩から送られてきた。

山崎と一緒にその音声を聴いた俺は、自らの鼻から熱い血が垂れていることに気づいた。

強すぎる刺激によって全身の血流が乱れ、それが鼻血となって噴出したのだ。

「悪い、ちょっと再生を止めてくれ。刺激が強すぎて頭がおかしくなりそうだ」

「ははは、佐藤さんも案外繊細ですね。この世にあまたあるエッチな催眠音声を聴きまくって耐性を得ている僕には、この程度の音声、ぜんぜんなんとも……」

そのとき、山崎が付けているスマートウォッチがピコーンという警告音を発した。

「どうした？」

「心拍数の異常が検出されたらしいです。うっ……」

山崎の顔面は蒼白《そうはく》である。どうやら興奮しすぎて心臓に異変が生じたらしい。

彼は胸を押さえて倒れ込むと、腕を伸ばしてトラックパッドを叩《たた》き音声の再生を止めた。

俺も鼻をティッシュペーパーで押さえながら、しばらく床に転がって自律神経の乱れを整えた。

「…………」

奈々子と先輩が織りなすエッチな音声によって、かつてないレベルにまで高められた興奮が、床の冷たさによってなんとか落ち着いてきたころには、別種の興奮が俺の中にたかぶりつつあった。

鼻血が止まった頃に体を起こすと、山崎も同時に起き上がった。

「いけるぞこれ！」

「いけますね、これはいけますよ！」

俺は初めて『手応え《てごた》』を感じた。

これまでにも自作のわけのわからない小説や、ターゲットがどこにあるのかよくわからない催眠音声などの制作中、『アイデアが降ってくる』感覚を得たことはある。だがこれほどまでに、自分の生み出したコンテンツが未来の顧客に刺さったことを、ほぼ物理的な手応えとして感じたことはない。

「よし山崎、この調子でやっていくぞ！」

「そうですね佐藤さん！　でも油断しないでください。佐藤さんは実作業には絶対に関わったらダメです。ただひたすら『いい雰囲気』を作ることだけに集中してください」

「おう、任せろ！」

物事が完成に近づけば近づくほど、俺が生得的に持っている『失敗力』はその力を増していく。

何かを成し遂げる決意を固めれば固めるほど、それを実際に成し遂げる確率はゼロに近づいていく。

それゆえに俺は、可能な限り、目標を忘れ、実作業を離れていた方がいいのである。

「とはいえ……」

自室で作業するよりも人の目があった方が捗《はかど》るのか、山崎は俺の部屋に入り浸って作業するようになっていた。奈々子や先輩からの業務連絡も、俺のスマホにひっきりなしに入ってくる。

こんな状態で、プロジェクトを意識せずにいるのは難しかった。気を抜くとすぐ俺は進捗やクオリティに不安を抱き、ネガティブなオーラを発してしまう。それは山崎や関係者に伝染し、プロジェクトの進展にブレーキがかかってしまう。

「こうなったらもう、プロジェクトとはまったく関係ない作業に集中していた方がいいな」

催眠音声プロジェクトに関係ない作業と言えば、岬ちゃんに依頼された『妹との生活』の執筆である。

『妹との生活』

それはもともと、催眠音声のシナリオにするために俺が執筆していたテキストである。

だがその深遠なる性的表現を山崎に認められず、ボツとなって全削除されかかっていた。

しかしそのテキストは岬ちゃんに価値を見出《みいだ》され、Mコイン十五枚という報酬によって彼女に買い取られた。しかも岬ちゃんはさらに同数のMコインという報酬を提示し、俺にテキストの続きを書くよう促してきた。

「Mコインが三十枚集まれば、岬ちゃんになんでも好きな命令を下すことができる『なんでもチケット』と交換できるんだよな」

むろんMコインは油性ペンでMと書かれたゲームセンターのコインに過ぎず、『なんでもチケット』は紙切れに過ぎない。だがそれらを用いて俺が下してきた命令を、岬ちゃんは文句を言いながらも確実に履行してきた。

そういった実績を考えると、Mコインおよび『なんでもチケット』は、岬ちゃんに対する現実的な支配力を持つと考えるべきだろう。

「…………」

俺は葛藤《かっとう》した。

いたいけな女子高生を、そんなコインや紙切れの力で自らの支配下に置くなんてことが許されるのか？

だが広い視点から考えてみると、そもそも人間社会における結婚や恋愛や各種の交わりは、コインや紙切れの力と切っても切り離せぬものである。

それゆえに俺が岬ちゃんを『なんでもチケット』の力によって支配するのは、この世の必然と思えた。

だいたい心の弱い人間は、人間本来の自然なコミュニケーションよりも、社会的な契約によって縛られた関係にこそ安心するものである。

　岬ちゃんも、契約による支配、被支配の関係を望んでいるのである。

　だからこそ俺は、今度こそ『なんでもチケット』の力を正しく使い、あの岬とかいう女を自らの欲望の捌《は》け口とするべきなのである。

　そのためにはまず、Ｍコインをあと十五枚集めねばならない。そのためにはまず、岬ちゃんに依頼されたテキスト……『妹との生活』の続きを書かねばならない。

「よし……やるか」

　山崎らが必死でリリース版の完成に向けて日夜作業を続けているプロジェクトのことを、俺は完全に忘れた。

　そして、近所の顔見知りのＪＫを、彼女の想像を超えた淫猥《いんわい》なアクティビティに叩き込むための作業に全力を振り向けた。すなわちテキストエディタを開いて、俺はぽちぽちと『妹との生活』を打ち込み始めた。

「そう言えば岬ちゃん、『妹との生活』の続きは小説形式で書けって言ってたよな。まあ小説もシナリオも似たようなもんだろ。書けないことはないさ」

　それは俺の大きな思い違いだった。

　シナリオ形式での『妹との生活』は、妹と主人公の対話がメインとなる。だが小説では、セリフ以外の文章が増える。

「そ、そうか、情景描写を増やせばいいのか」

そう気づいた俺は、妹と主人公を取り囲む田舎の情景を、思うがままに書き連ねた。

どうせこのテキストの読者は岬ちゃんだけなので、広範囲の読者に受けるかなど一切考えなくていい。しかも岬ちゃんは、面白くない、淡々としたテキストが読みたいと言っていた。

だったらそのリクエストに応えてやろう。

妹と主人公が暮らす日本家屋、その縁側の描写に俺は原稿用紙換算で十枚の文章を費やした。

さらに庭に咲く花の描写に二十枚の文章を費やした。

さらに妹が主人公の手を引いて連れていく村外れの神社の描写に三十枚を費やした。

次に、そこの拝殿の裏にある『秘密の洞窟《どうくつ》』の描写には、原稿用紙にして四十枚の文章を費やした。

拝殿の裏には崖《がけ》が聳《そび》えており、俺たちの行手を塞《ふさ》いでいる。だが目を凝らしてみれば、崖の岩肌には暗く深い穴がぽっかりと穿《うが》たれており、それは俺たちの侵入を待ち望んでいる。

俺は妹の手を引き、無言で洞窟の中に足を踏み入れる。

そしていくつもの試練、いくつもの冒険の果てに、俺は洞窟の深みに辿《たど》り着く。

「やっとここまで来たね、お兄ちゃん」

「なんなんだ、ここは？　真っ暗で何も見えないぞ」

「ここは秘密の洞窟。お兄ちゃんの心の底、宇宙の中心に隠されている、普段は来ることのできない神聖なスポットだよ」

「神聖なスポットだと？　俺は神聖さなんかとは最もかけ離れた存在だ。俺にはもっと穢《けが》れた場所が似合ってる」

「ううん。お兄ちゃんが望んだから、私がここに連れて来たんだよ。さあ行こうよ、この洞窟を抜けて、あの『運命の草原』へ」

俺は恐怖を感じて洞窟を後戻りしようとした。しかし妹に強く手を引かれ、どうしても後ずさることができない。

「お兄ちゃんが死ではなく豊穣《ほうじょう》な生を選び、時空融合を体験するに値する存在かどうかの最後のテストだよ。どうなるかな？」

そう楽しげに呟《つぶや》く妹に引かれ、俺は洞窟のさらに奥へ奥へと引っ張られていく。

湿った岩肌が剝《む》き出しだった洞窟の壁は、しばらくすると大理石のような滑らかな材質に変わり、やがて左右に円柱が立ち並ぶ神殿のごときものに変化していった。

等間隔に松明《たいまつ》の灯《とも》る薄暗い柱廊を、一歩一歩、頭を垂れて進むと、やがて遠くに一点の光が見えた。

洞窟の出口だ。

一歩、足を進めるごとに光は拡大し、ついにその向こうに緑の草原が広がった。洞窟を抜けたのだ。

妹は俺の手を引いて草原へと駆け出し、柔らかな草の上に寝転んだ。

妹の隣に転がった俺の頭上には、見たことのない異様な星座が広がり、それは生気ある燐光《りんこう》をシャワーのように草原に降り注いでいる。

「はい、これ」

わずかに上体を起こした妹は、草原の中から摘み取った一輪の白い花を俺に手渡した。

俺は寝転んだままその花を受け取った。

妹は細い指先で花びらをつまみ、それを引き抜くと、俺の耳元にささやいた。

「生」

そしてもう一枚、花びらを抜く。

「死」

思い出した。

これは花占いなのだ。

「生・死・生・死・生・死・生・死……」

草原に寝転んだまま星空を見上げる俺の顔に、はらはらと花びらが舞い落ちてくる。

「懐かしいな。俺は生きながらもいつも死ぬことに憧《あこが》れてた」

「お兄ちゃん、そんな他人事《ひとごと》みたいに余裕を持っていられる場合じゃないよ。甘い死は生のすぐ隣にあるんだから。さあもう一度選んで、未来を」

「まあ……別にいいじゃないか。そんなに焦るなよ。せっかくだからゆっくりしようぜ」

俺が物事を真剣に考えると、いつもろくなことにならない。だから俺は頭の後ろで手を組むと、この草原で昼寝する構えを見せた。

妹はなおも上体を起こして花占いを続けようとしていたが、やがて飽きてしまったのか、花を投げ捨てると俺の隣に寝転んだ。

「もう……わかったわ。いいでしょう。お兄ちゃんは、豊穣なる未来を選んだってことにしておいてあげる。時空の融合も、もう一歩だけ先に進めるね。もしかしたら物理レベルで何かの兆候に気づくかもね」

なぜかジャンルがＳＦに寄っていきそうなテキストの方向性をなんとか文学に戻しつつ、俺はさらに原稿用紙十枚ほど、『運命の草原』での昼寝を描写した。

その退屈な描写をダラダラと続けているうちに、俺も眠たくなってきてしまった。寝落ちする前にテキストをまとめて岬ちゃんに送った。

3

俺たちの製品が完成し、それはDLsiteで売られ始めた。

残念ながら俺たちは、『百万円を稼ぐ』という目標を達成することはできなかった。

「ぐっ」

発売当初は勢いよく右肩上がりになっていたが、今は完全に死んでいる売り上げグラフを眺めながら、山崎は拳《こぶし》を握りしめた。

この後に絶叫、嗚咽《おえつ》、俺への八つ当たりと言った見苦しい流れが続く気配を感じ、俺は自室の貴重品、テレビやVRヘッドセットを背中に庇《かば》った。

だが山崎は、俺に爽《さわ》やかな笑顔を向けた。

「ありがとうございました、佐藤さん」

「お、おう」

まさか、山崎の中で本件は完全燃焼され、あとにはすっきりとした気持ちのみが残っているというのか。

俺は恐る恐る事後処理に向けての流れを作ろうとした。

「い、いやあ、寂しくなるぜ。お前が実家に帰ってしまうとなると」

「僕、何か一つのことに、こんなに一生懸命になったのは初めてですよ」

「まあ失敗したことはもう忘れようぜ。とりあえず今日はゲームでもするか」

俺はだるい体を動かし、ゲーム機の電源を入れようとした。だが山崎の瞳《ひとみ》はいまだ爛々《らんらん》と輝いていた。

「みんなで力を合わせて事業を起こす……カスタマーに僕らのアイデアの詰まったプロダクトを届ける……それによって皆の性生活を豊かにする。そんなミッションドリブンの生活……この一ヶ月のこと、僕は一生忘れませんよ！」

俺は顔をしかめた。

意識が高そうな言葉を使っているが、要するにオナニー用音声を作って、ちょろっとネット販売してみただけのことである。

しかもその過程では、山崎が密《ひそ》かに恋焦がれていた同級生の女子が、多様性のある形で第三者に寝取られている。

俺もずっと好きだった人と男女の一線を越えるはずが、よくわからないクリエイター仲間のような関係を築くことになってしまった。

このプロジェクトでは、得たものよりも失ったものの方が大きいのではないだろうか。

何も知らぬ山崎のおめでたい顔を見ていると、だんだんイライラしてきた。

「…………」

もう製品をリリースし終えたあとなので、山崎の脳が壊れても問題ない。奈々子と先輩の関係を彼に告げてしまおうか？

いや……もともとミソジニー的性質を持つ山崎の性格がさらにひねくれるのは、彼の人生を本格的な破滅に導く可能性が高い。俺は本プロジェクトにおける声優とシナリオライターの関係性について、自分の胸にしまっておくことにした。

とりあえず実務的な方面に意識を向ける。

「そ、そうだ……部屋掃除、手伝うぞ。引き払わなきゃいけないんだろ」

「助かります」

俺たちは山崎の部屋に移動して、棚に飾られたフィギュアや古いパソコンゲームのパッケージを、段ボールに詰め込み始めた。

しょせんは他人事《ひとごと》ではあったが、さすがに別れの悲しみが込み上げてくる。

俺は無言で作業を続けた。

山崎がポツリと呟いた。

「言っときますけどね。僕、負けて帰るわけじゃありませんから」

「そうか？　親御さんとの約束を果たせなかったわけだから……負けたんじゃないか」

山崎は段ボールを床に置くと俺を見た。

「確かに僕は、約束の百万を稼ぐことはできませんでした」

「だろ？　山崎、お前は負けて帰るんだよ」

「いいえ、違いますよ。僕は目標額の五割を稼ぐことに成功したんです。だから僕は……いえ僕らは、半分は勝ったんです。そのこと、忘れないでくださいよ」

「なんだその屁理屈《へりくつ》は。そういうのはもう悲しくなるから、黙って片付けを続けようぜ」

山崎は床の段ボールを持ち上げると、俺に押し付けてきた。

「佐藤さんの部屋で預かっててください。僕は父を説得して、またこのアパートに戻ってきます。必ず」

数日後に山崎は北海道の実家へと帰省していった。しばらくして隣室にはクリーニングが入り、不動産会社によって鍵《かぎ》がかけられた。

「…………」

自室で俺は今後の身の振り方を考えた。

考えるまでもなく、やるべきことは決まっていた。

山崎には悪いが、俺もこの部屋を引き払う準備を始めよう。ものをすべて捨てるか売るかして、実家に帰るのだ。なぜなら俺はこの都会で何も成せなかったわけで、もうここに残る必要は何もないのだから。今月の家賃も払えないのだから。

「…………」

そう俺が覚悟を固めた瞬間、山崎が実家から連絡してきた。

「売り上げを振り込みたいんで、佐藤さんの口座番号教えてもらえますか？　あと先輩にも振込先を聞いておいてください」

「お、おう」

先輩に連絡すると、彼女はすでに次回作のシナリオを執筆中とのことだった。先輩曰《いわ》く、創作意欲に溢《あふ》れていて、まだまだ何話でも書けそうとのことである。奈々子と一緒に録音するのも楽しくて気持ちいいとのことである。

「…………」

先輩の振込先と自分の口座番号を山崎に伝えると、しばらくして十数万円の振り込みがあった。

「おい。こんなに貰《もら》っていいのか。俺は何もしてないぞ」

「何言ってるんですか。皆で稼いだお金は山分けですよ。すぐにまた次回作の構想を練りましょう！」

本当にまだ続けるつもりなのか？

確かに俺以外のプロジェクト関係者はやる気になっている。だが俺のやる気は低空飛行である。

今回の作業で俺は自分の無能さを痛感した。俺が作業に関われば関わるほど、プロジェクトは後退していくのだ。

「もし次回作を作るとしても、基本、俺にやれる作業は何もないぞ」

「何言ってるんですか。佐藤さんは今回、皆の連絡を取り持ちながら、落ち込みそうになる僕たちを何度も励ましてくれたじゃないですか」

物はいいようである。

俺は単に、見たくない嫌なことを見ないようにして、自分が見たいものだけを見るようにしただけだ。

他人に対しても、自分が見たいものだけを言葉にして、それを適当に投げかけただけだ。それが今回たまたま良い方向に働いたが、次もうまく行く保証はない。

しかし山崎は俺の自尊心をくすぐってきた。

「何て言うんですかね。マネージャー？　もしかしたらリーダー……そういう役割を今回の佐藤さんは引き受けてくれたんじゃないかと思います」

「そ、そうか？　それならまあ別にそれでもいいが。ところでお前の方は調子はどうなんだ？　今、実家なんだろ？」

「僕の言い分を完全に通すのは無理そうですね。ある程度、実家の仕事を引き継ぐことにはなりそうです。でも絶対に僕はＹＳスタジオを忘れたりはしませんからね！」

酒が入っているのか、先ほどからやけにドラマティックな言葉を吐いている山崎……彼に適当な相槌《あいづち》を打ってその勢いを吸収してから、俺は通話を打ち切り、布団に横になった。

「………」

すぐに日が暮れ、部屋は闇に包まれる。

山崎からの金の振り込みで、滞納していた家賃はなんとか払うことができそうだ。だが今月の家賃を払うことはできない。食費もない。

それゆえ、結局は俺もこのアパートを引き払うことになるだろう。そして実家でひきこもることになるのだろう。

「………」

布団の中で丸まって暗澹《あんたん》たる将来を想像した。しかし不思議と、気分はそれほど落ち込んでいかなかった。

なんでかわからないが、そんなに暗い将来が俺を待っているようには感じられなかった。それはもしかしたらここ数ヶ月間、先輩の求めに応じて、彼女の精神を安定させる催眠音声をひたすら作り続けてきたせいかもしれない。

あるいは岬ちゃんの求めに応じて、淡々としてつまらないが、その一方でのどかな雰囲気がいつまでも続く小説作品を書き続けてきたせいかもしれない。

そのような創作行為が俺の精神に影響を与え、心の安定性がいくらか底上げされたのかもしれない。

とにかく確かなのは、布団の中で頭を抱えて将来のことをぐちぐちと長時間悩んでも、そんなに死にたい気持ちにはならないということだ。

悩むことに飽きた俺は暗闇の中、半身を起こすと傍のスマホを手に取った。

「おっ。もうこんな時間か。行かないと」

部屋を出て近所の公園に向かう。

夜の公園のベンチには、今夜も岬ちゃんがいて俺を待っていた。珍しく制服姿だった。

「もう、遅いよ」

「悪い。最近ちょっと忙しくてな」

「どうせ家でゴロゴロしてるだけでしょ」

「そっ、そんなことないぞ。考え事をしていたんだ」

「どんな？」

「家賃のこととか……そう、家賃！　今月の家賃が払えそうにないんだ」

さきほどまで『将来なんてなるようになるさ』という楽観的な考えを持っていた俺だったが、どうやらそれは単に脳に霞《かすみ》がかかっていただけだったらしい。

岬ちゃんという他人と話すことで、急に現実感が戻ってきた。その現実はどこまでも厳しい。

「そ、そうだ……働かないと。いや、俺に働ける仕事なんてない……」

「そのことだったら、素晴らしいニュースがあります」

「やっぱり俺も山崎を見習って実家に戻るしかないのか……」

「聞いてよ！　素晴らしいニュースがあるんだってば」

「わかったわかった。学校のテストでいい点でも取ったのか？」

「近い！　いい線いってるね。佐藤君、今日は冴《さ》えてるんじゃない？」

「そうか？　まあいいから話してみろよ、いいニュースってやつ」

「テスト……選抜……コンペティション……それに勝ち抜いたのは確かです。でも合格したのは私じゃありません。佐藤君です」

「はあ？　いつ俺がテストなんてものを受けたんだ？　俺は誰になんの評価もされることのない生活を送ってるんだ。大学を辞めてから、何かひとつでも良かった点があるとすれば試験から解放されたことだ」

「そんなこと言っても佐藤君、人間はね、この社会で生きていく限り、他人からの評価を避けることはできないんだよ。まず佐藤君は、私からの高い評価を勝ち取ることができました。よくやったね」

「な、なんかやったか？　俺」

「ちゃんと書いてくれたでしょ。私が依頼した小説」

「ああ、あれか。あんなもんだったらいくらでも書いてやるぞ」

「それは頼もしいことです。次回作もあとで依頼しようと思います。でもその前にこれをどうぞ」

岬ちゃんは公園のテーブルに、すっと十五枚のＭコインを置いた。

Ｍコインの持つ意味を思い出した俺は、ごくりと生唾《なまつば》を飲み込んだ。

短い秋が終わりに近づき、今この瞬間にも冬が始まりそうな公園の空気が、いきなり熱を帯びたように感じられる。

元から俺が持っているものと合わせて三十枚になるこのＭコイン、これを『なんでもチケット』に交換すれば、今すぐにでも目の前の女子高生を、俺の支配下に置くことができるのだ。

俺の汚らわしい思考にまるで気づいていないのか、岬ちゃんは落ち着いて先を続けた。

「しかも今回、佐藤君は第三者からの社会的な評価も得たんだよ。はいこれ」

岬ちゃんは背中に隠し持っていた何かの紙を俺に差し出すと、そこに書かれている文章を読み上げた。

「賞状、佐藤達弘殿。小説『妹との生活』」

「しょ、賞状だと？」

「右の作品は選考委員会における厳正なる審査の結果、第二十四回みちのく文学賞の特別賞となりました。よって賞状並びに賞金十二万五千円を送り、これを賞します……ほら、受け取って」

岬ちゃんが押し付けてきた賞状を受け取ると、彼女はぱちぱちと手を叩《たた》いた。

「おめでとう、佐藤君」

「な、なんなんだこれ」

「前にも言ったでしょ。私がね、佐藤君の作品を清書して、手頃な文学賞に送っておいてあげたんだよ」

「文学賞？　芥川《あくたがわ》賞とか直木《なおき》賞ってやつか？」

「ううん、そんなすごいものじゃなくて……日本にはね、地方自治体が募集してる地方文学賞ってのが沢山あるんだ。受賞してもたいていは本にはならないけど、その分、競争相手は少ないし、短い分量でも応募できるし、賞金だってもらえるんだよ。ほら見て」

岬ちゃんは鞄《かばん》から『公募ガイド』なる雑誌を取り出すと、テーブルに広げて、付箋《ふせん》が貼ってあるページを指差した。

「次はこの『山里いきいき文学賞』ってのを狙っていこう。すぐに書いてね」

「わかったわかった」

受賞の話は岬ちゃんの冗談で、この賞状も彼女の手製のアイテムなのだろう。

だが、墨書きの賞状には、なんだか本物っぽいオーラが漂っている。

「あ、お金も忘れないうちに渡しておくね」

岬ちゃんは財布から札を取り出し、テーブルに並べた。

「な、なんだこのお金は」

「十二万五千円。代理人の私のところに振り込まれてきた賞金だよ」

まさか本当に俺の小説が、みちのく文学賞なる地方文学賞を受賞したというのか？

聞いたこともない文学賞の特別賞など、受賞したところでなんのありがたみもない。

だがこのテーブルに並べられた札は、今の俺がもっとも欲しているものだった。

「は、はは……手の込んだ冗談だな」

「まったくもう。私は佐藤君みたいな暇人じゃないんだから、こんな手の込んだ冗談をする暇なんてありません。それでも疑うなら」

岬ちゃんはスマホで文学賞のホームページを検索すると、『第二十四回みちのく文学賞選考結果』というリンクをクリックし、俺に見せた。

「特別賞、佐藤達弘……ほ、ほんとに俺の名前が載ってる。ということは……」

「よかったね、佐藤君」

「これで家賃を払える、払えるぞ！」

俺は札をざっとかき集めると近所のコンビニのATMに向かって走り出した。瞬間、後ろからベルトを両手で摑《つか》まれ、俺はくの字に折れ曲がった。

「うぐっ」

「忘れないで、Mコインもあるんだからね！」

「あ、ああ……そういえばそうだったな」

俺はテーブルの上のMコインをかき集めてポケットに入れると、再度ATMに向けて走り出した。瞬間、後ろからベルトを両手で摑まれ、俺はくの字に折れ曲がった。

「うぐっ」

「これで三十枚貯まったでしょ！　交換しなくていいの？『なんでもチケット』に」

「あ、ああ……そういえばそうだったな」

俺はポケットから三十枚のMコインを取り出して岬ちゃんに渡した。岬ちゃんは鞄から『なんでもチケット』を取り出して俺に渡した。

「それで……どうするの？　今回は」

「え？　な、何が？」

「『なんでもチケット』の使い道。私は今回、何をしたらいいの？」

公園の暗闇の中から、岬ちゃんがこちらを覗《のぞ》き込むように見つめてくる。

「………………」

これまで頭の中で散々、このチケットの使い道を考えてきた俺ではあったが、その妄想の中身を実際に口に出すことは憚《はばか》られた。

しかし岬ちゃんは今、明らかに俺に選択を迫っている。

もうチケットの使い道を保留することはできない。何かの決断を下さなくてはならない。

「…………」

俺はもう一度ごくりと生唾を飲み込むと、これまで心の中で温めてきたチケットの使い道について、もう一度おさらいした。

まず一つの方向性としてあるのが、目の前の女子高生を自らの性欲の捌《は》け口とするために、このチケットを使うということだ。これは一番ストレートな発想であり、誰もが思いつく率直なものであるが、それだけに筋がいい。

第二の方向性としてあるのが、目の前の女子高生を、自らの心の寂しさを埋める道具とするために、このチケットを使うということである。具体的には『俺の彼女になってくれ』と彼女に頼み込むことである。そのようにしてチケットの効力で彼女を作れば、俺の人生も少しは楽しくなり、二十四時間、寝ても起きても感じ続けているこの虚《むな》しさも、少しは薄れるかもしれない。

「どうするの？　早く答えてよ」

岬ちゃんが正面からぐっとベルトを引っ張ってきた。

仕方ない。

あれこれ考えてたどり着いた俺の本心を言うしかない。

俺は覚悟して口を開いた。

「わかった。聞いてくれ岬ちゃん、俺はこのチケットを使って岬ちゃんに命令する」

「いいよ。なんでも言うこと聞いてあげる」

「俺と……今の関係を続けてくれ」

「え？　もう一回言って」

「俺と今の関係を続けてくれ。今のこの感じ。これをずっと」

「なんで、どうして？」

「前も言っただろ。俺は何も変えたくないんだ。今のぬるま湯のような居心地のいい時間を、ずっと過ごしていたいんだ」

「ずっと、って……いつまで？」

「一年以上。できれば、永遠に」

「そ、そんなの無理だよ！　太陽だっていつか爆発するんだよ！」

「ダメか？　できるだけ長く俺は岬ちゃんと今の関係でいたいんだ」

「ダメじゃないけど……わからないよ、そんな先のことなんて。私だってね、すごいスピードで変わっていくんだから」

「わかってる。ずっとひきこもってる俺ですら変わっていくんだ。でも変わらないところもある。何年、何十年経っても変わらないこともある。それなら百年、千年経っても変わらないこともあるだろう」

「そんなものがこの世のどこにあるの？　この公園のこのベンチも、テーブルも、もうすぐ撤去されちゃうんだよ、老朽化でね。私たちだって今は若いけど、すぐに歳をとっていくんだよ」

瞬間、俺の脳裏に、岬ちゃんと一緒に歳をとっていく俺の人生のヴィジョンが瞬いた。

警備員のバイトを始めたかと思ったら、そのまま三十歳になっても警棒を振り続けている俺。

大学に入ったかと思うと卒業して就職して、総合職としてExcelを睨《にら》む日々を過ごしている岬ちゃん。

やがて二人の間に子供が産まれる。俺は不安でたまらない。岬ちゃんは『子供をひきこもりにしない養育術』という本を読んだせいか、やけに育児に自信を持っている。

そんな二人の子育てがうまくいったかどうかはわからないが、やがて俺たちは年老いていく。

「そりゃ生きてりゃ歳もとってくだろう」

「おばあちゃんになった私を見るのは、佐藤君、嫌じゃないの？」

「嫌かもな。でも俺は最近、身につけたんだ。嫌なものを見ないで、自分の見たいものだけ見るってワザを。だから俺は自分の見たいものだけ見る」

「佐藤君の見たいものってなに？」

「岬ちゃんの中にある変わらないもの」

「そんなものが私の中にあるの？」

「ああ、あるぜ。もし岬ちゃんにいくつものバージョンがあったとしても、変わらないものがある。俺の中にも」

「適当なこと言わないで！　私はね、ずっと本気で、佐藤君と……」

俺は岬ちゃんを見つめると、その奥にある、俺が見たいものだけを見つめようとした。

この少女とはとても長い付き合いで、それだけに、俺にはそれが、よく見えた。

他の誰にも見えないかもしれない。

だが、この人の奥にあるとてもいいものが、俺にはよく見えている。

万感の思いと共に俺は言った。

「綺麗《きれい》だ」

「嘘……」

「嘘かもな。まあとにかくそういうことで、このあとも俺とは今ぐらいの仲を続けてくれ。ずっとだぞ」

そう命じながら、俺は『なんでもチケット』を岬ちゃんに押し付けようとした。

岬ちゃんは何かの感情に肩を震わせながら言った。

「そんな……そんなことなら別にチケットはいらないよ。だって私も最初からそのつもりだもん。ずっと」

岬ちゃんはチケットを俺に押し返すと、ベンチに座って空の星を見上げた。

俺もその横に座って、彼女が落ち着くのをしばらくの間、待っていた。

肩の震えがおさまったころ、岬ちゃんは『なんでもチケット』の他の使い道はないか聞いてきた。

「それなら……岬ちゃん、最近なにか悩み事はないか？　冬になればいつも気分が落ち込んだりしてないか？」

実はこのところ夜のカウンセリングで岬ちゃんは、しばしばため息をつくようになっていた。

これを放置しておけば、いずれ大事に結びつく気がする。可能であれば、ため息の原因を突き止めたい。

岬ちゃんは何も答えようとしなかった。だが俺が無神経にしつこく聞き出すうちに、ついに口を開いた。

「命日が……近いんだ」

「命日？　ってことは誰か亡くなったのか？」

「私の産みの母だよ。私がまだ小さい頃、事故で亡くなったんだ。まだ一度も行ったことがないけど、今年はお墓参りに行こうか迷ってる」

「よし。それならここで『なんでもチケット』発動だ。お墓参りに行ってきてくれ」

「やだなあ」

「なんで？」

「怖いんだ。この街に来る前の、いろんなこと思い出しそうで」

「俺がついてってやろうか？」

「そうしてもらえると助かるけど……ううん、今年は一人で行ってくるよ。お墓は遠くにあるから新幹線で。佐藤君にはそんなお金ないでしょ？」

急に不安になってきた。岬ちゃんを彼女の母の墓参りに、たった一人で送り出していいのだろうか？

「か、金ならここに……」

俺がポケットの中の札を取り出そうとすると、岬ちゃんはその手を押さえ、札の代わりに『なんでもチケット』を取っていった。

「いいよ。佐藤君はこの公園で私の帰りを待ってて。たぶん、これは私が一人で向かい合わなきゃダメなことだから」

岬ちゃんは鞄《かばん》から何冊かの自己啓発書を取り出して俺に渡すと、小走りで公園を出ていった。

翌日、公園に岬ちゃんは姿を現さなかった。

4

かつて暮らしていた北の町に岬ちゃんが旅立つと、俺が暮らす街の空気も急に冷たくなってきた。

認めたくないことではあったが、それは孤独が生み出す精神的な寒さだったかもしれない。

アパートでごろごろしながら、ちょっと誰かに連絡してみるかとスマホを手に取る。

そのとき逆に先輩からメッセージが届いた。

『佐藤君、元気？　そっちは寒くなってきてるでしょ。ちゃんと暖かくして暮らすのよ。

沖縄はまだぎりぎり泳げます』

このメッセージに続いて、リゾートビーチで奈々子と腕を絡ませた水着姿の先輩の写真が送られてきた。

山崎から振り込まれた売り上げを使い、二人で旅行に出かけたらしい。

先輩と南の島という組み合わせに、俺はなぜか強い不安を感じた。

だが二人は浮き輪とシュノーケルを装備しており、写真にはタナトスよりもエロスが充満している。

「まあ……大丈夫か。心中なんてことはないはずだ」

俺は写真を保存すると布団に横になり、また一人でアパートの寒さに耐える作業に戻った。

「…………」

それにしても、時間は遅々として進まない。

暇を持て余した俺は部屋掃除を始めた。

整理整頓《せいとん》すべき箇所は無限にあった。

なんせ山崎が残していった段ボールと、俺の昔からの私物が交ざり合い、元から汚い部屋がいつもより十割増しでぐちゃぐちゃに散らかっているのだから。

「…………」

まずは山崎の残していった段ボール、そのうちの一箱を逆さまにし、中に詰まっている色褪《いろあ》せたゲームパッケージをすべて床にぶちまける。

「おっと、乱暴に扱ったらダメだな。古いゲームはビンテージ価格で売れるかもしれない」

俺は床の本やゴミをざざっとどけて『売るものコーナー』を作ると、そのスペースにセピア色のゲームパッケージを積んでいった。

途中、ふと気になるものを見つけて、俺は手を止めた。

パッケージとパッケージの隙間に、見慣れぬ記録メディアが挟まっていたのだ。

「なんだこれは？　昔の記録メディア……CD-Rってやつか」

記録メディアのケースには、今の山崎の絵柄を二世代ほど古くしたような美少女キャラのプリントが挟まっていた。

それは昔のインクジェットプリンターで印刷されたものらしく、粒子が荒い上、日に焼けて色が薄れている。それでもとても下手な絵だということだけはわかる。

このジャケットのクオリティから察するに、おそらく中に収められているデータは、素人が作った低品質の同人ゲームか何かだろう。

だが遠い昔の誰かが作ったらしいこのインディーズ美少女ゲームには、原始的な創作意欲の奔流のごときものが詰まっていると感じられた。

「こんなもの売れないだろうから捨てる……のはやめて、一応、とっておくか」

俺はそのCD－Rを『売るものコーナー』の隣に作った『とっておくものコーナー』に投げ入れた。

さらに俺の私物や山崎の段ボールを整理していくと、またいくつか年代不詳のガラクタが見つかった。

まず、誰のものかわからない超低解像度のデジカメが気になった。その背面の壊れかけて縦線の入った液晶で、メモリに保存されている写真を見ると、どこかの小学校の校門らしき映像が映っていた。

次に、ファイルに挟み込まれた何枚かの紙が目に映った。日に焼けてほとんど文面を読むことができないが、『甲』や『乙』などという単語がかろうじて判別できる。何らかの契約書か。

さらに、穴の空いた健康食品の箱もいくつか見つかった。パッケージには『百パーセント天然素材で作られており、製造過程で有害な化学物質が混入しないよう細心の注意が払われています』と書かれている。かなり古くなっているが、もしかしたらまだ食べられるかもしれない。

なぜか捨てる気にならないこれらのガラクタを『とっておくものコーナー』に積みつ

つ、それ以外の売れそうなゲームをだらだらと仕分けしていく。

その作業は夜になっても終わらなかった。

日がな一日、部屋の中にいるのは不健康なので、深夜、岬ちゃんが貸してくれた本を片手に、俺はいつもの公園に向かった。

「…………」

ベンチに座り、なんども読み聞かせしてもらって、ほとんど暗記してしまった自己啓発書を、街灯の明かりで読む。

文字を目で追うのに飽きて、ふと顔を前に向けた。

公園の木々の向こうで、街の明かりが輝いていた。

その街明かりを眺めるのにも飽きて、俺はベンチで目を瞑《つぶ》った。

瞬間、ああでもないこうでもないと、今後の生活についての悩みが浮かぶ。

長い年月、何度も繰り返しこの公園で、こうして夜の空気に包まれてきた。だからだろうか、もう無限回も俺はここでこうして、いろいろなことを悩んできた気がする。

しかし、いつも隣には君がいてくれた気がする。

気がつけば今も。

「…………」

俺はベンチの隣、わずかでも体を動かせば触れ合う距離にいる人の温《ぬく》もりに気づいた。

新幹線の旅を終えてこの街に帰ってきたその人が、やがて俺の肩に頭をもたれるまで、目を閉じたまま、俺はこの公園の暗闇に包まれていた。

あとがき

　オリジナルの『NHKにようこそ！』執筆から二十余年が過ぎた。これほどまでに時が流れると、もはやその作品は自分が書いたものとは感じられなくなる。

　特にそれが、世界中の悩める男女に強い影響を与えた、あの『NHKにようこそ！』であるなどとは、どうしても実感しにくい。あのような傑作を、この俺が書いたということが、俄《にわ》かには信じられないのだ。

　二〇〇一年に書いた古い作品に対して、今も毎日のように世界中から感謝のメッセージが届く。

　曰《いわ》く『あんたのマスターピースによって、俺の人生は救われた』『滝本《たきもと》先生は最高の天才です』『信じられないほどに深く人間心理が描かれたあなたの作品を読んで、私は自分自身を真に理解しました』云々《うんぬん》。

　また俺が実生活の中で新たに出会う人も、かなりの確率で『NHKにようこそ！』を知っており、俺に対して歴史上の作家に向ける畏怖《いふ》の目を向けてくる。

　むろん、そういった強すぎる思い入れを否定することは簡単である。小説なんてただの文であり、作家なんてただのキーボード叩《たた》きのうまい人間だ。

　しかし人間が大切にするさまざまな幻想の価値を、俺は否定したくない。

小説の価値などというものは幻想かもしれないが、それは多くの関係者と読者の皆の強いエネルギーによって形成されたものである。

それゆえに『いやあ、俺の若書きの小説なんてたいしたことないですよ』と謙遜《けんそん》することはしたくない。よって今ここで、はっきりと宣言させていただく。

二十三歳の俺が書き上げた『ＮＨＫにようこそ！』は、天才的な作品だ。そこには時代を超え、性別を超え、人種を超え、人の心に訴えかける強い小説の力がある。それはこれからも、世界の多くの人の心を動かしていくだろう。

完！

ということで、本件のことはもうすべて忘れて、何か別の仕事に取り掛かりたいところである。

『ＮＨＫ〜』以後、俺は多くの作品を出版しており、どれも自信作である。『ＮＨＫ〜』に感動された方は、ぜひそちらの方もチェックしていただきたい。いつまでも『ＮＨＫ〜』の人として扱われるのは辛《つら》いものがある。

俺は演歌歌手じゃないんだ！

しかし人生というものは連続しており、過去から逃れることはできない。特に、そこに多大なエネルギーを注ぎ込んだ、過去の自分の仕事からは逃れられない。

それに、たとえ蛇足に感じられても、過去の仕事を掘り起こし、そこに何か新しいものを付け足したい気持ちに駆られることもある。

たとえその作品が、もはや自分が書いたと感じられないほど遠いものになっていたとしても、あのころの熱さをもう一度呼び起こし、この令和の今のエネルギーを、そこに付与したくなるときもある。

そのような行為をするにあたり、いくつか気を付けるべき点を俺は順守して書いた。

それはオリジナルを最大限尊重し、その価値を毀損《きそん》するようなことは書かないということだ。あのオリジナルNHKの中にあった煌《きら》めきは、この新NHKを読んだところで、霞《かす》むことなく、むしろ輝きを増していくだろう。

また、そのような慎重さと共に、『NHKにようこそ!』精神を作品に強く吹き込むことを、俺は重視した。

『NHKにようこそ!』精神とは何か?

それはセックス・ドラッグ・バイオレンスといった、軽はずみなエンタメ的テクスチャーと時事ネタを、これでもか、これでもかと詰め込みまくることである。そして読者の皆のほんのいっときの娯楽のため、作家として魂を燃やして奉仕させていただくことである。

ずっと昔から俺は、読者の皆に楽しんでもらうことを最大の喜びとして小説を書いてきた。

文字を読む喜び、物語の喜びを、さらに最大化させ、新しい面白さをこの世に生み出すために、俺は部屋にこもって自らの精神を覗《のぞ》き込み、そこに誰も見たことのない何かを探した。

そこで見つけた宝こそが、新たなる娯楽、新たなる物語を生み出すために、俺が生涯をかけて求めてきた大切なものである。その輝きが付与された本作『新NHKにようこそ！』によって、読者の皆様にひとときの喜びをお届けすることができれば、それ以上の喜びはありません。

佐藤《さとう》、山崎《やまざき》、岬《みさき》、先輩。懐かしい人物たちの新たな物語を、どうぞお楽しみください。

二〇二四年五月　滝本竜彦《たきもとたつひこ》

本作はフィクションであり、実在の人物及び団体とは、一切関係ありません。また、大麻取扱者以外による大麻の栽培、所持、譲受・譲渡は違法となり罰せられます。

挿絵　大岩ケンヂ

初出　エリーツ　vol.3～vol.8

新《しん》NHK《エヌ・エイチ・ケイ》にようこそ！

滝《たき》本《もと》竜《たつ》彦《ひこ》

令和6年 10月25日　初版発行

発行者●山下直久

発行●株式会社KADOKAWA
〒102-8177　東京都千代田区富士見2-13-3
電話　0570-002-301（ナビダイヤル）

角川文庫 24361

印刷所●株式会社暁印刷
製本所●本間製本株式会社

表紙画●和田三造

●お問い合わせ
https://www.kadokawa.co.jp/（「お問い合わせ」へお進みください）
※内容によっては、お答えできない場合があります。
※サポートは日本国内のみとさせていただきます。
※Japanese text only

ISBN 978-4-04-115107-5　C0193

◇◇◇

角川文庫発刊に際して

角川源義

第二次世界大戦の敗北は、軍事力の敗北であった以上に、私たちの若い文化力の敗退であった。私たちの文化が戦争に対して如何に無力であり、単なるあだ花に過ぎなかったかを、私たちは身を以て体験し痛感した。西洋近代文化の摂取にとって、明治以後八十年の歳月は決して短かすぎたとは言えない。にもかかわらず、近代文化の伝統を確立し、自由な批判と柔軟な良識に富む文化層として自らを形成することに私たちは失敗して来た。そしてこれは、各層への文化の普及滲透を任務とする出版人の責任でもあった。

一九四五年以来、私たちは再び振出しに戻り、第一歩から踏み出すことを余儀なくされた。これは大きな不幸ではあるが、反面、これまでの混沌・未熟・歪曲の中にあった我が国の文化に秩序と確たる基礎を齎らすためには絶好の機会でもある。角川書店は、このような祖国の文化的危機にあたり、微力をも顧みず再建の礎石たるべき抱負と決意とをもって出発したが、ここに創立以来の念願を果すべく角川文庫を発刊する。これまで刊行されたあらゆる全集叢書文庫類の長所と短所とを検討し、古今東西の不朽の典籍を、良心的編集のもとに、廉価に、そして書架にふさわしい美本として、多くのひとびとに提供しようとする。しかし私たちは徒らに百科全書的な知識のジレッタントを作ることを目的とせず、あくまで祖国の文化に秩序と再建への道を示し、この文庫を角川書店の栄ある事業として、今後永久に継続発展せしめ、学芸と教養との殿堂として大成せんことを期したい。多くの読書子の愛情ある忠言と支持とによって、この希望と抱負とを完遂せしめられんことを願う。

一九四九年五月三日

角川文庫ベストセラー

NHKにようこそ！　滝本竜彦

ネガティブハッピー・チェーンソーエッヂ　滝本竜彦

超人計画　滝本竜彦

夏の方舟　海猫沢めろん

俳優探偵　僕と舞台と輝くあいつ　佐藤友哉

ひきこもりの大ベテラン佐藤は気づいてしまった。人々をひきこもりの道へと誘惑する巨大組織の陰謀を！——といってどうすることもなく過ごす佐藤の前に現れた美少女・岬。彼女は天使なのか、それとも……。

「雪崎絵理は戦う女の子だ。美少女戦士なのだ」。目的を失った日々を〝不死身のチェーンソー男〟との戦いに消費してゆくセーラー服の美少女絵理と高校生山本の切ない青春。青春小説の新たな金字塔。

ひきこもり新人作家は気づいた。辛い現実を前に立ちすくみ、ダメ人間ロードを突き進む自分を変えるには「超人」になるしかないのだと——女神のごとく降臨した脳内彼女レイちゃんと共に、進め超人への道!!

美しい島でくりひろげられる、少年たちのグロテスクでありながらピュアなひと夏の恋。金曜の夜妖しいクラブで開催される男たちの饗宴。男たちの嫉妬と葛藤、欲望を痛々しくも透明に描き出した恋愛小説。

売れない舞台役者麦倉は、オーディションを受けまくる毎日。そんな中、話題の2・5次元舞台「ヴァンパイア・ドライブ」のオーディションに合格するが……友情、裏切り、過酷な競争が謎を呼ぶ舞台ミステリー。